Власть Женщины

Николай Гейнце

Власть Женщины

ISNB: 978-1-63637-687-5

СОДЕРЖАНИЕ

ВЛАСТЬ ЖЕНЩИНЫ

ВЛАСТЬ ЖЕНЩИНЫ

Где черт не сладит, туда бабу пошлет.
Русская пословица

I

ИСЧЕЗНУВШИЙ МИЛЛИОН

В полуверсте от города Монако, на высокой скале, возвышающейся над морем, среди почти тропической растительности, в роскошном саду стоит величественное здание казино Монте-Карло — этот храм человеческой алчности к легкой наживе.

От станции железной дороги в казино ведет, высеченная в гранитной скале, широкая лестница.

Перед казино большой двор, посреди которого мраморный бассейн с фонтаном, а по сторонам двора находятся великолепные здания Cafe и "Hotel de Paris", принадлежащих администрации казино.

За казино живописно раскинулись виллы и гостиницы, окаймленные апельсиновыми садами.

По берегу бухты расположен красиво распланированный город, над которым господствует старинный каменный замок, стоящий на высокой скале.

Вид замка чрезвычайно величественный.

Вся местность вообще восхитительна и невольно располагает к неге и наслаждению.

Недаром жажда золота, на которое в наш продажный век можно купить и то, и другое, доходит здесь до неутолимости.

Животворным источником, к которому припадают здесь люди своими воспаленными, пересохшими губами, служит казино.

Расскажем для непосвященных внутреннее расположение и порядок этого храма фортуны современных идолопоклонников.

Всякий входящий в первый раз в казино должен предъявить свою карточку и получить входной билет: суточный, недельный или месячный — смотря по желанию.

Билет выдается бесплатно.

По широкой мраморной элегантной лестнице посетитель входит в огромную с колоннами переднюю, называемую "La salle des pas perdus", по аналогии с залой, носящей такое же название в парижском "Palas de Justice", куда приводили осужденных на смертную казнь преступников, следы шагов которых в этой зале действительно терялись навсегда.

Злая, но верная ирония.

Направо от передней — читальня, дамская уборная, концертный зал и театр, где по вечерам бывают концерты и представления, а налево — игорные залы.

Всех игорных зал — три.

Это огромные, роскошно отделанные комнаты, которые с двенадцати часов дня и до одиннадцати часов вечера кишат самой пестрой и разнохарактерной публикой, съехавшейся со всех концов света.

Вся эта публика толпится вокруг игорных столов и проигрывает миллионы.

В первом зале помещаются два стола, также с рулетками, во втором — три стола с рулетками и в третьем — два уже с "trente et quarante".

При входе в игорные залы больше всего поражает царящая в них тишина, нарушаемая лишь звоном золота, которое собирают после каждого удара крупье специально приспособленными для этого грабельками.

Слышатся, кроме того, возгласы тех же крупье:

— Faite votre jeu, messieurs!..

— Le jeu est fait. Rien ne va plus.

Кругом каждого стола сидят играющие мужчины и женщины, а кругом их стоят в несколько рядов также играющие, не находящие себе места и принужденные играть стоя и бросать свои деньги на зеленое поле через головы сидящих.

От этой толкотни часто бывают недоразумения из-за ставок и споры между играющими, кончающиеся вмешательством администрации игорного дома, которая всегда старается умиротворить спорящих и часто даже уплачивает обеим сторонам, чтобы прекратить спор.

На каждом столе рулетки, или "trente et quarante" заложен банк в триста тысяч франков, а в случае если его сорвут, то немедленно закладывается опять такой же.

Ставки в рулетку от пяти франков до десяти золотых на номер и максимум на простые шансы пять тысяч франков.

В "trente et quarante" минимум ставка двадцать франков, а максимум двенадцать тысяч франков.

В рулетке тридцать шесть номеров и один нуль, так что всех шансов тридцать семь, но выигравшему на номер платится только в тридцать шесть раз больше его ставки, один же шанс, то есть нулевой, всегда остается в пользу игорного дома.

Вот на этот-то одном шансе и основаны все расчеты и барыши Монте-Карловского игорного дома, дающие ему несколько миллионов дохода в год и позволяющие содержать на его счет князя и его княжество.

Сезон 1893 года, ко времени нашего рассказа уже подходивший к концу, был очень оживлен.

Гостиница "Hotel de Paris" и другие отели Монте-Карло и Монако были переполнены приезжающими.

Большой наплыв играющих был из Ниццы, отстоящей в двенадцати минутах езды от казино Монте-Карло; железнодорожные поезда между этими пунктами ходят ежечасно, что дает возможность жителям Ниццы испытывать счастье.

Героем дня, "homme du joir", выражаясь языком публики Монте-Карло, был "русский князь" Петр Чичивадзе.

Высокий, статный брюнет, с красивым лицом восточного типа, с большими блестящими, как бы подернутыми маслом глазами, он казался человеком, которого природа-мать оделила всеми данными для беспечальной жизни, а потому облако грусти, всегда покрывавшее его лицо, вносило дисгармонию в общий вид блестящего юноши и невольно привлекало к нему внимание как мужчин, так и женщин, посещающих казино.

Многие мужчины сделали с ним знакомство и даже стали его друзьями, не разгадав, впрочем, тайну его загадочной грусти; они узнали лишь, что он человек, не стесняющийся в средствах, прекрасный собутыльник, чем не только не разъяснялся, но лишь затемнялся вопрос.

5

Что же касается до дам, кумиром, если не чувства, — чувство дамы оставляют за порогом казино, — то чувственности которых сделался "русский князь", то ни одна из них не могла похвалиться оказанным ей им малейшим вниманием.

Многие из посетительниц казино, — не отличающихся вообще строгостью нравов, — заговаривали с ним первые, но он взглядывал на них как-то испуганно и молча отходил, разжигая лишь любопытство.

Это был бы блестящий маневр ловеласа, но князь Чичивадзе был, видимо, искренен в своем почти паническом страхе перед представительницами прекрасного пола.

О нем стали слагаться целые легенды на романтической подкладке — его произвели чуть не в русские Раули-Синяя борода, мучившегося угрызением совести по поводу убийств своих многочисленных жен.

Его восточное происхождение делало эту сказку несколько более вероятной. Как бы то ни было, но "русский князь" был героем сезона.

Вскоре, впрочем, эпитет "русский" заменился эпитетом "счастливый", что еще более увеличило обаяние вечно печального князя.

Он стал выигрывать огромные суммы.

Рассказывали, что князь, по обыкновению, как бы по привычке, а не для игры, приходил в казино, ставил два золотых и, не смотря на результат, прекращал игру. Так было и в день начала его колоссального выигрыша.

Князь поставил на один из столов "trente et quarante" два золотых на черное и стал говорить с одним из подошедших к нему знакомых, не обращая, как всегда, никакого внимания на происходящее за столом.

Он был так увлечен разговором, что, кажется, даже совершенно забыл о ней.

Через несколько минут крупье обратился к нему с просьбой взять лишние деньги, сверх "максимума".

Князь взглянул на стол и увидел на месте, где он положил два золотых, целую груду золота и банковских билетов.

Во время его разговора черное вышло девять раз сряду, и два золотых превратились в двадцать тысяч четыреста восемьдесят франков.

Он взял часть выигрыша, поставив двенадцать тысяч франков опять на черное.

Черное снова вышло.

Он продолжал снимать после удара выигранные деньги, оставляя максимум, и черное все продолжало выходить и вышло еще одиннадцать раз подряд, так как князь выиграл более полутораста тысяч франков.

Такие серии, выходящие на один шанс — не редкость, но редко игроки пользуются ими, снимая свои ставки или переходя на другие шансы.

Красное в этот раз вышло только на двадцать первом ударе, и следующий был опять черный цвет, повторившийся опять четыре раза и давший князю еще четыре максимума, то есть сорок восемь тысяч.

Ему продолжало везти, в этот день он выигрывал почти каждый удар, так что в конце вечера был в выигрыше более трехсот тысяч франков.

С этого дня князь выигрывал почти ежедневно десять, пятнадцать, двадцать, даже пятьдесят тысяч франков. По приблизительному расчету князь Чичивадзе считался в выигрыше ко дню нашего повествования более миллиона франков.

Такой громадный выигрыш, видимо, не произвел на князя совершенно никакого впечатления — он был так же мрачен, угрюм, как и прежде.

Несмотря на это, всю Ниццу, Монако и Монте-Карло поразила весть, что князь Чичивадзе застрелился.

Самоубийства нередки в этом храме Ваала, требующего человеческих жертв, но кончают обыкновенно с собой проигравшие до последнего пятифранковика, да и то подчас, выпрошенного у приятеля, но чтобы застрелился человек, выигравший миллион — это было необычно в летописях Монте-Карло и непонятно его посетителям, для которых жизнь — золото.

Князь Чичивадзе застрелился в зале казино, у того стола "trente et quarante", за которым в такое короткое время ему везло такое колоссальное счастье. Револьвером, направленным в висок, он размозжил себе голову.

В кармане его платья нашли записку, в которой он просил никого не винить в его смерти, а выигранную в день смерти сумму выдать первому проигравшемуся после его смерти игроку, без различия пола.

Далее он упомянул об оставшихся в его письменном столе в "Hotel des Anglais" в Ницце десяти тысячах франков, которые он определил себе на похороны и для раздачи бедным города Ниццы.

О выигранном миллионе не было сказано ничего. Миллион исчез без следа. В день смерти покойный выиграл тридцать шесть тысяч франков.

II

В НИЦЦЕ

— Вера, ты слышала?

— Что?

— Князь Чичивадзе сегодня застрелился в Монте-Карло, об этом говорит вся Ницца.

— Еще жертва...

— Чья?

— Ее... Чья же.

— А быть может, теперь ты ошибаешься?.. Если это жертва, то жертва Любы...

— Гоголицыной?

— Да.

— Не может быть... Не любовь же говорила в нем?

— Как знать.

Этот отрывистый разговор происходил в день самоубийства

князя в одном из комфортабельных номеров "Hotel des Anglais" между вошедшим в номер мужчиной, среднего роста, лет тридцати пяти, с добродушным чисто русским лицом, невольно вызывавшим симпатию, с грустным выражением добрых серых глаз, в которых светился недюжинный ум, и молодой женщиной, светлой шатенкой, лет двадцати пяти, сидевшей в глубоком кресле с французской книжкой в руках.

Это были только что прибывшие из Парижа и остановившиеся в Ницце по дороге в Россию доктор медицины Осип Федорович Пашков и его жена Вера Степановна.

— Он проигрался? — спросила последняя, сделав небольшую паузу после загадочных слов мужа: "Как знать".

— Напротив, он за последнее время выигрывал ежедневно громадные суммы.

Разговаривая таким образом, оба супруга вышли на балкон, выходивший на красивую и широкую улицу "Promenade des Anglais".

День уже склонялся к вечеру, к одному из тех чудных вечеров, какие бывают только на юге. Теплый, полный влаги ветерок дул с моря.

Лучи заходящего солнца золотили темно-синюю гладь моря, сливавшуюся на горизонте с светло-алым небом, как бы переходящим в него по оттенку цвета.

Дневной шум уже стихал, и по почти пустынной улице изредка только проезжал экипаж или проходил прохожий.

Вдруг в конце улицы показалась толпа народа, сопровождавшая карету, медленно ехавшую и конвоируемую полицейскими сержантами.

— Это, вероятно, везут его! — первый догадался Осип Федорович.

— Кого? — испуганно спросила Вера Степановна.

— Князя... Он жил в этой же гостинице...

— Боже мой, как это тяжело, — прошептала она и ушла с балкона.

Пашков не ошибся.

Карета медленно прибыла к гостинице и остановилась у подъезда. Из нее вынесли труп князя с обвязанной бинтом головой, или тем, что осталось от нее после рокового выстрела, и понесли в занимаемое им отделение в бельэтаже.

Туда же прошли и полицейские, а вскоре прибыли и судебные власти.

Весь отель заволновался при известии, что привезли труп "счастливого князя", и толпа народа наполнила коридор, куда выходили двери занимаемого покойным отделения.

В толпе шли оживленные толки. Недоумевали о причинах такой развязки, строили предположения, одно другого невероятнее, одно другого фантастичнее.

С печальной улыбкой слушал эти толки и доктор Пашков, также спустившийся вниз и даже, ввиду его тоже русского происхождения, допущенный в апартаменты князя Чичивадзе.

Он, Осип Федорович, один, быть может, знал настоящую причину самоубийства "счастливого князя", но он молчал и вскоре вернулся в свой номер.

— Ну что, как? — спросила его тревожно Вера Степановна.

— Ничего, раскроил себе череп так, что узнать в нем красавца нельзя, — сказал Пашков.

В его голосе прозвучала, видимо, независимо от его воли, злобная нота.

11

Это не укрылось от его жены.

Она укоризненно покачала головой.

— Ося, стыдно... Ведь он мертвый.

Осип Федорович на минуту сконфуженно замялся, но потом произнес сквозь зубы:

— Но ведь и та... тоже умерла...

— Ты все ее любишь... — чуть слышно прошептала Вера Степановна.

В этом шепоте слышалась невыразимая душевная боль. Сказав это, она тихо отошла и медленно опустилась в кресло. Пашков бросился к ней.

— Что за мысли, моя дорогая, ты знаешь, что я с корнем вырвал это мое мимолетное прошлое и вернулся к тебе тем же верным и любящим, как в первые годы нашего супружества... Этот человек... его смерть... всколыхнула лишь то, что умерло ранее не только чем он, но и чем она...

Он обнял жену и посмотрел в глаза своими добрыми, честными глазами.

Она не устояла и потянулась к нему губами. Он запечатлел на них горячий поцелуй.

— Завтра же едем в Россию, — сказал он.

— Вот и отлично... А то признаться, я соскучилась...

— По ком? По родине?

— Вообще, да и по... Тамаре...

— Ты ангел... Но она в надежных руках... — окинул он жену восторженным и вместе благодарным взглядом.

— Все-таки...

В это время в дверь номера раздался стук.

— Entres, — произнес Осип Федорович, отходя от жены. Дверь отворилась и на пороге появился лакей.

— Вам посыльный еще утром доставил это письмо.

— Почему же вы доставили мне его только вечером?

— Виноват сменившийся утром швейцар... Он позабыл... Хозяин уже сделал ему выговор.

Пашков взял с подноса письмо, взглянул на адрес и побледнел.

— Хорошо, ступайте, — кивнул он лакею. Тот вышел.

— Что с тобой, Ося? — спросила Вера Степановна.

— Ничего, голубчик, мне только странно... Кто мог бы это писать? Адрес написан и по-русски, и по-французски.

— Мало ли здесь русских... Может быть, кто-нибудь из знакомых...

— Конечно, конечно! — проговорил Осип Федорович, вертя в руках запечатанный конверт, как бы не решаясь вскрыть его.

— Распечатай же! — нетерпеливо сказала Вера Степановна. Пашков раскрыл конверт, развернул письмо и стал читать.

Свет уже зажженной во время его отсутствия из номера лампы под палевым шелковым абажуром падал ему прямо в лицо, выдавая малейшее движение черт.

Вера Степановна не спускала глаз с мужа.

Письмо было, видимо, настолько интересно, что Осип Федорович читал его с особенным вниманием. Его щеки то покрывались смертельною бледностью, то вспыхивали ярким румянцем, капли холодного пота выступили на лбу и наконец глаза его наполнились слезами.

Он усиленно заморгал, чтобы скрыть этих невольных свидетелей его волнения, и сложил письмо, внутри которого было еще несколько записок.

Но от Веры Степановны не укрылись слезы мужа.

— Ты плачешь, Ося?

Он ответил не сразу, все еще как-будто находясь под впечатлением прочитанного письма.

Вера Степановна повторила вопрос.

— Если хочешь знать правду, да, плачу...

— О чем, и от кого это письмо?

— О том, что мне действительно стыдно перед ним... Ты права...

— Перед кем?

— Перед покойным князем.

— Так это от него? — с дрожью в голосе сказала она. Вместо ответа Осип Федорович подал ей письмо, вынул вложенные в него листочки и бережно уложил их в карман пиджака.

Вера Степановна стала читать.

Рука, державшая письмо, по мере чтения все сильнее и сильнее дрожала; когда же она дочитала его до конца, то из глаз ее брызнули слезы.

— Несчастный! Он действительно любил ее! — воскликнула она. — Ты прав, Ося, сказав: "Как знать".

III

НА БАЛУ

Был очень редкий в Петербурге холодный январский вечер 1890 года. За окнами завывал ветер и крутил крупные снежные хлопья, покрывшие уже с утра весь город белым саваном, несмотря на энергичную за целый день работу дворников.

Осип Федорович Пашков сидел в своем кабинете и, подвинув кресло поближе к пылавшему камину, с интересом читал какую-то статью в иностранном медицинском журнале.

Он так углубился в чтение, что невольно вздрогнул, обернувшись на шум отворившейся двери.

На пороге стояла его жена.

Видимо, не совсем довольный ее приходом в ту минуту, когда он был занят, Осип Федорович резко осведомился, что ей нужно.

— Я пришла спросить, не выпьешь ли ты чаю перед тем, как уедешь?

Обезоруженный ее тоном и взглядом ее милых темных глаз, он тотчас же раскаялся в своей резкости.

— Я с удовольствием напьюсь чаю, так как поеду не раньше одиннадцати, — ответил он, — дай мне окончить статью, Верочка, и я сейчас приду к тебе.

Она вышла, а через десять минут он вошел в столовую и застал Веру Степановну уже за самоваром.

Сидя в теплой комнате, за стаканом горячего чаю, в обществе маленькой, хорошенькой женки и прислушиваясь к разбушевавшейся за окном погоде, он был очень недоволен, когда часы показывали ему, что пора одеваться.

Не ехать было нельзя. Еще за неделю до сегодняшнего дня он был приглашен на большой бал, даваемый сенатором Гоголицыным в день своей серебряной свадьбы.

Вера Степановна тоже получила приглашение, но отказалась по случаю болезни сына, которого и вообще-то, не только больного, не любила доверять нянькам.

Одетый в фрачную пару и готовый уже к отъезду, Осип Федорович зашел в детскую и заглянул в люльку, где спал малютка.

— Будь совершенно покойна, Вера, — сказал он жене, с тревогой глядевшей ему в глаза, — ему гораздо лучше — жар почти совсем спал.

— Карета подана, барин! — доложил лакей, и он, распростившись с женой, уехал.

Через четверть часа Осип Федорович уже входил в ярко освещенный бальный зал дома Гоголицыных, с трудом отыскал хозяев, поздоровался с ними и, выслушав их искреннее сожаление об отсутствии его жены, встал в дверях и окинул взглядом зал, ища знакомых.

В нескольких шагах от него стояла миловидная молодая девушка — Любовь Сергеевна Гоголицына, старшая дочь сенатора. Она весело болтала с двумя конногвардейцами и несколькими штатскими. Тут же сидели две роскошно одетые дамы и бесцеремонно лорнировали ее розовый легкий туалет.

Мимо бесконечной вереницей проходили молодые женщины под руку с кавалерами, обдавая Пашкова запахом разнообразных тонких духов.

Заиграли вальс.

Любовь Сергеевна сделала движение своими обнаженными худенькими плечиками в такт музыке и этим ясно выразила желание танцевать, что стоявший рядом кавалер, поняв это движение, с улыбкой пригласил ее.

Через минуту она пронеслась мимо Осипа Федоровича с блестящими детскою радостью глазами и со счастливей улыбкой на лице. Разговаривавшие с ней офицеры подвинулись ближе к Пашкову, чтобы не мешать танцующим.

— Премиленькая девочка, — заметил один из них, — только еще совсем ребенок.

— Да... конечно... Где ей, например, равняться с баронессой фон Армфельдт.

— А что, Пьер, здесь она сегодня?

— Нет, я, по крайней мере, не видал ее; впрочем, она всегда приезжает очень поздно.

— А красивая она баба, — проговорил первый, — теперь редко такую встретишь.

— Я видел, как ты ухаживал за ней вчера у Талицких по всем правилам искусства.

— Да что толку, братец, — комически и печальным тоном ответил ему товарищ, — никакие ухаживания не помогут, когда здесь не очень густо!

Он хлопнул себя по боковому карману.

— Разве она такая? — удивился Пьер. Тот только слегка присвистнул.

— Да ты, я вижу, мало знаешь женщин вообще, а ее в особенности.

— А что?

— А то, что иначе ей незачем было выходить замуж за такое старое чучело, каким был покойный барон Армфельдт. Он ей оставил около двухсот тысяч.

— Только-то? Я думал, что он был гораздо богаче.

— И того достаточно. Ведь они жили так, что чертям было тошно, да говорят иногда он ей отваливал громадные куши на всевозможные прихоти. Под конец жизни он стал, впрочем, гораздо скупее, и между ними был полный разлад. Потом, — тут молодой человек понизил голос, так что Осип Федорович, заинтересованный этою историею, напряг слух, чтобы расслышать его слова, — ты, вероятно, слышал, Пьер, говорили, будто бы старик умер не своею смертью.

— Ужели ты думаешь, что она?.. — тем же пониженным шепотом спросил собеседник.

— Может, и она, уж я там не знаю... Смотри, она прибыла и идет под руку с графом Шидловским! — живо прервал себя рассказчик и обернулся к дверям направо.

Осип Федорович услышал около себя шепот: "Армфельдт приехала" и видел, как все головы повернулись в одну сторону.

По залу шла высокая, стройная женщина. Замечательная белизна кожи и тонкие черты лица, роскошные золотисто-пепельные волосы и зеленоватые глаза под темными бровями — таков был в общих чертах портрет баронессы фон Армфельдт.

На ней было надето белое бархатное платье с низко

вырезанным лифом, обнажавшим поразительной красоты и пластичности шею и плечи.

Несмотря на то, что рука ее опиралась на руку шедшего с нею рядом молодого человека, казалось, будто не он, но она вела его.

Самоуверенный, почти надменный взгляд и величественная походка красноречиво говорили, что эта женщина не нуждается в чьей-либо поддержке, но вместе с тем — что в особенности и поразило в ней Пашкова — глаза ее принимали иногда такое наивно-милое выражение, а лицо освещалось такой простодушной улыбкой, что несмотря на ее двадцать пять лет, оно делалось лицом ребенка или скорее ангела, слетевшего с небес, чтобы озарить землю своим присутствием.

Смотря на этот чистый, юный облик, Осип Федорович припоминал слышанный им разговор и готов был поклясться, что это прелестное существо не способно не только на преступление, которое ей приписывали, но даже ни на какой мало-мальски дурной поступок.

Через минуту по ее появлении, она была окружена мужчинами.

Не отрывая от нее глаз, Пашков заметил, что несмотря на расточаемые ею направо и налево улыбки, она отдавала явное предпочтение вошедшему с ней молодому человеку.

Это был граф Виктор Александрович Шидловский, красивый брюнет, почти мальчик, по-видимому, страстно влюбленный в красавицу.

Осип Федорович следил за каждым ее движением. Он видел, как она встала и, положив свою мраморную руку на плечо графа Шидловского, закружилась в вальсе.

Она пронеслась мимо Осипа Федоровича, ее шлейф скользнул по его ногам, и одуряющий запах духов, как крепкое вино, ударил ему в голову.

IV

ОПЬЯНЕНИЕ СТРАСТЬЮ

Странные, незнакомые ему до сих пор ощущения переживал Осип Федорович в присутствии этой очаровательной женщины.

Глядя на нее, он чувствовал, что почти лишается свободы воли, и кроме того, по его телу разливалась какая-то сладкая истома, лишающая сил, в виски стучала приливавшая к голове кровь, по позвоночнику то и дело как бы пробегала электрическая искра и ударяла в нижнюю часть затылка.

Это были ощущения чисто физические, но до такой степени парализовавшие ум, что Пашков стоял, как окаменелый.

Он ничего и никого не видел, кроме баронессы.

Ему показалось, что он в первый раз в жизни видит женщину.

Несмотря на его зрелый возраст, это было так.

Немногим из нас и, может быть, к счастью, удается встретить женщину, хотя мы влюбляемся, ухаживаем, обладаем разнопольными нам существами, женимся, но женщины в полном значении этого слова, со всеми ее хорошими и дурными, в общем, соблазнительными качествами, встретить иногда, повторяем, не удается во всю жизнь.

Встреча с женщиной в полном, быть может, низменном

значении этого слова охватывает всего человека, она мчит его, как налетевший ураган, туда, куда хочет, без сознания, без воли и, пожалуй, без цели, так как цель — это сама она, наполняющая все существо мужчины.

Это-то и случилось с Осипом Федоровичем, женившемся года три тому назад по любви и, как ему по крайней мере казалось, безумно любившим свою жену.

Не увлекавшийся серьезно в молодости — если не считать мимолетные интрижки студента — он думал, что он принес жене все сокровище чистой нетронутой любви, весь пыл молодой страсти.

Он ошибался в последнем — страсти он не знал, она охватила его впервые здесь, на балу у Гоголицыных, при виде этого невиданного им до сих пор существа — женщины.

У Осипа Федоровича явилось безумное, непреодолимое желание быть ей представленным.

Мимо него проходил один из его приятелей, доктор Столетов, и он, схватив его за руку, спросил, не знает ли он баронессы фон Армфельдт.

— И вы туда же, — проговорил он. — Извольте, я вас представлю, я знаком с баронессой. Но, мой друг, ваше желание безрассудно: эти русалочьи глаза погубили не одного смертного!

В ответ на его слова Осип Федорович нетерпеливо попросил его подойти к белокурой красавице, только что окончившей вальсировать.

Столетов подошел к ней и, сказав ей что-то, указал глазами в сторону Пашкова.

Молодая женщина пристально взглянула на него и, спросив что-то в свою очередь, сделала утвердительный знак головой.

Через минуту Осип Федорович стоял перед ней и любовался вблизи этим чудным лицом.

Назвав Пашкова, Столетов удалился.

Осип Федорович сел на стул рядом с баронессой и несколько смутился, увидев, что ее зеленые глаза внимательно смотрят на него.

Заметив его полусмущенный, полувопросительный взгляд, она улыбнулась.

— Не удивляйтесь моему любопытству, я так много хорошего слышала о вас, что сама давно желала с вами познакомиться.

Ее голос с мягкими, низкими нотами приятно действовал на нервы своей доводящей до истомы мелодией.

Пашков молчал, чтобы слышать дальше звук этого голоса.

— Я не понимаю, почему я до сих пор нигде с вами не встречалась, — продолжала она. — Вот уже два года, как я безвыездно живу в Петербурге.

— Это не удивительно, баронесса, — сказал он, — я очень редко выезжаю в свет, и мне трудно было вас встретить.

— Да, конечно, вы деловой человек, — заметила уже серьезно она, — не то, что мы, грешные, превращаем день в ночь и наоборот, бросаемся с одного вечера на другой и не знаем чем и как убить время, полное праздного досуга.

Что-то странное в тоне ее голоса заставило его спросить ее:

— Вы не любите выезжать, баронесса?

Она задумчиво взглянула на него.

— Право не знаю. Я думаю, что это я делаю по привычке, потому что так делают другие, сама же я уже давно потеряла интерес к подобным удовольствиям, я гораздо более...

Ее прервал гусар, просивший ее на вальс.

Она взглянула на Осипа Федоровича, как бы говоря: "вы видите, я должна танцевать", и грациозно положила руку на плечо своего кавалера.

Когда она опять очутилась около Пашкова, за ее стулом уже стоял новый кавалер.

Она сделала нетерпеливое движение, но не отказала и ему.

На этот раз, окончив танец, она остановилась против Осипа Федоровича и, слегка запыхавшись, сказала:

— Здесь мне не дадут покоя, пойдемте в гостиную, мне хочется поболтать с вами.

Удивленный и обрадованный таким неожиданным вниманием, он поспешил подать ей руку и с невольным чувством гордости повел ее в соседнюю комнату.

Завистливые и ревнивые взгляды провожали их.

У самых дверей гостиной к баронессе подошел граф Шидловский.

— Вы обещали мне эту кадриль, Тамара Викентьевна, надеюсь, вы не забыли? — проговорил он, бросая на Осипа Федоровича недовольный взгляд.

— Я не забыла, граф, но тем не менее танцевать не буду, я очень устала и хочу отдохнуть.

Молодой человек слегка побледнел и, поклонившись, отошел, а она поспешно увлекла Пашкова из залы.

— Наконец-то я спасена, — засмеялась она, бросаясь на маленький диванчик, стоявший в углу и полускрытый трельяжем, — надеюсь, меня здесь не скоро отыщут!

— Бедный граф, он, кажется, был очень огорчен вашим

отказом, — сказал Осип Федорович, садясь, по ее приглашению, рядом с нею.

— О, он должен привыкнуть к моему обращению. Я никогда не церемонюсь с молодежью. Но довольно об этом! Скажите лучше, мне это очень интересно знать, слышали вы что-нибудь обо мне раньше нашего знакомства?

Он был смущен ее вопросом: сказать ей то, что он только что сейчас слышал, было невозможно, не говорить ничего было невежливо.

— Странный вопрос, баронесса, — уклончиво отвечал он, — вы знаете, что вы слишком заметны, чтобы о вас не говорили.

Она усмехнулась.

— Не правда ли, я так хороша собой, что каждый считает долгом делать обо мне свои замечания?

Ее слова и горько-насмешливый тон поразили Осипа Федоровича.

— Вы жалуетесь на свою наружность, баронесса?

— О, нет! — точно испугалась она и сейчас же рассмеялась: — Этого я не могу сказать.

Лицо ее приняло спокойно-простодушное выражение.

— Вы удивляетесь моей самоуверенности? Но я нахожу глупым отрицать то, что очевидно. Что может быть смешнее, когда на самом деле красивая женщина в ответ на комплименты наивно отвечает: "Ах, что вы говорите, во мне нет ничего красивого".

Пашков молча любовался ею.

— Я сама не люблю комплиментов, потому во-первых, что они слишком банальны, а во-вторых потому, что нахожу совершенно лишним выслушивать то, что сама давным-давно знаю.

Эта женщина решительно ставила в тупик Осипа Федоровича. Что мог он ей ответить после подобных заявлений?

Выражение лица ее постоянно менялось и тон переходил из веселого в грустный и наоборот.

— Посмотрите на бедного графа, — вдруг засмеялась она, — вон он стоит у дверей с таким лицом, как будто его приговорили к смертной казни.

— И вы чувствуете, что виной тому вы! — улыбнулся Пашков.

— О, я не чувствую угрызения совести! — весело проговорила она. — Посмотрите, он сейчас будет другим.

С этими словами она встала и, подойдя к молодому человеку, спросила:

— Что с вами, граф? Смотря на вас, мне делается страшно обратиться к вам с просьбой проводить меня сегодня домой.

Лицо Виктора Александровича просияло. Он что-то тихо, вполголоса спросил ее и на ее утвердительный знак головою весь вспыхнул и, наклонившись, поцеловал ее руку.

Она вернулась к Осипу Федоровичу с каким-то грустным выражением лица и пожаловалась на нездоровье. Пашков смотрел на ее склоненную голову, любуясь классическим очертанием ее профиля и затылка.

— Вы не танцуете? — внезапно обратилась она к нему.

— Нет, давно бросил!

— Бросили, отчего же?

— Мне тридцать пять лет, баронесса, пора и кончить, — весело сказал он, — да и времени нет этим заниматься, как я вам уже говорил, на таких вечерах мне приходится быть раз или два в год.

— Очень жаль, потому что я сейчас иду в зал, иначе мои поклонники Бог знает что подумают.

— Но вы ведь чувствуете себя нездоровой?

— Ничего, мое нездоровье следует лечить танцами и шампанским!

Она загадочно посмотрела на него своими зелеными глазами и медленно вышла из гостиной.

"Что за странное, но очаровательное создание!" — подумал Пашков и последовал за нею, чтобы хоть издали, смотреть на нее.

Весь вечер она танцевала без устали; при этом на ее белом, матовом лице не выступило ни малейшего румянца, только глаза разгорелись и покраснели губы.

За ужином она поместилась между графом Шидловским и каким-то генералом.

Осип Федорович сидел наискось от нее и вслушивался в ее веселый, громкий разговор.

Она несколько раз взглядывала и улыбалась, показывая мелкие жемчужные зубы, и в то время, когда у него кружилась голова от этих взглядов, она спокойно обращалась к своим сеседям и звонко хохотала над их ответами.

После ужина она подошла к Пашкову.

— У меня вечера по пятницам, господин доктор, прошу не забывать этого и уделить мне хоть один вечер в неделю, — шутливо грозя ему пальцем, проговорила она, — слышите, приезжайте послезавтра ко мне, а пока до свидания.

Она пожала ему руку и исчезла, а он отправился в этот вечер домой в состоянии как бы сильного опьянения, хотя почти не пил вина.

Это было опьянение страстью.

V

ПОРТРЕТ

Вернувшись домой, Осип Федорович, обдумав свое поведение за истекший вечер, ужаснулся сам своего увлечения и решил не идти к баронессе. Он старался всеми силами забыть ее соблазнительный образ, с такою ясностью восставший перед его умственными очами.

Он провел весь следующий вечер с женой и ребенком.

Отвечая на ласки первой, слушая лепет второго, он думал вычеркнуть из памяти зеленые глаза, так настойчиво преследовавшие его и день и ночь.

Он не понимал, увы, что борьба с этим роковым увлечением невозможна, что его могут спасти только обстоятельства, лежащие вне его власти, что сам он не только совершенно бессилен, но носит в самом себе залог победы над собой этой женщины, и никуда ему не уйти от нее.

Встреча с ней — одна из тех роковых встреч, которые на первый взгляд необъяснимы, которые чувствуются, но не понимаются.

Представители человеческого рода, сравнительно с другими представителями одного вида животного царства, однообразны: они отличаются цветом волос, оттенками кожи, чертами лица, но для поверхностного наблюдателя это слишком незначительные отличия, а потому на первый взгляд кажется, что все люди одинаковы, по крайней мере по строению их тела, независимо от деталей.

А между тем нет ничего разнообразнее человеческого рода и искания "сродных душ", как говорили в былые времена поэты, было так затруднительно, как открытие секрета делать золото.

А между тем эти родные, если не души, то тела, существуют — люди знали об этом в глубокой древности.

Существует греческая легенда о Девкалионе и его жене Пирре, которые, спасшись от всемирного потопа с небольшим количеством людских пар, стали рубить их пополам: Девкалион — мужчин, а Пирра — женщин и разбрасывать обе половины в разные стороны. Из каждой половины потом образовался отдельный мужчина и женщина.

Легенда о создании Евы из ребра Адама указывает тоже на это родство тела.

Французы называют это родством кожи. "Ma peau sent ta peau", говорят они, что означает, что моя кожа чувствует твою кожу.

Быть может, и на самом деле родство это существует в пигментах кожи, издающих особый запах, если не неуловимый, то сознаваемый человеческим обонянием.

Мы с развитием разума утратили чутье животных.

Этим последним объясняется, что это родство тел мы узнаем по глазам.

Бывают случаи, когда двое, обменявшись лишь взглядами, чувствуют себя более знакомыми, нежели люди, прожившие в течении нескольких лет под одною кровлею.

Таким образом, "красноречие взоров" и взгляды, "проникающие в душу", не есть одни лишь создания фантазии наших поэтов.

Полное родство, повторяем, встречается редко, но вполне и порабощает.

Осип Федорович был порабощен.

Недаром глаза Тамары фон Армфельдт и день и ночь стояли перед ним.

В пятницу, сидя за обедом с Верой, он твердо решился остаться дома, но когда пробило девять часов и Осип Федорович представил себе возможность сейчас услышать голос, который не переставал звучать в его ушах, он внезапно поднялся с места, оделся и уехал.

На удивленный вопрос жены: "Куда он едет?" — он торопливо ответил, что на вечере у Гоголицыных сделал новое знакомство и его непременно просили быть сегодня.

Он не назвал фамилии, не сказал, что едет к женщине, у которой нет мужа и у которой, следовательно, ему делать нечего, он уклонился от всяких объяснений и почти убежал из дома, сгораемый только одним желанием, очутиться как можно скорее вблизи Тамары фон Армфельдт.

С бьющимся, как у двадцатилетнего влюбленного, сердцем он переступил порог ее гостиной.

Заметив его, хозяйка дома прервала разговор с каким-то старичком и медленно пошла к нему навстречу.

Неприятно подействовала на него холодная, торжественная улыбка, появившаяся на ее губах.

Но это было только на один миг, лицо ее приняло обыкновенное, милое выражение, и она тоном совершенно искреннего радушия воскликнула:

— Как я рада вас видеть, Осип Федорович.

Она повела его в конец комнаты, мимоходом представив ему несколько мужчин, и усадила рядом с собою.

Он огляделся.

Общество было небольшое — преимущество одни мужчины, в соседней комнате играли в карты, а в углу гостиной сидела какая-то пожилая дама с работой в руках.

Обстановка комнат была очень богата и в высшей степени изящна.

Поболтав с Пашковым несколько минут, Тамара Викентьевна знаком подозвала к себе какого-то молодого человека.

— Павел Иванович, спойте мне что-нибудь из "Риголетто".

— Я не в голосе, баронесса! — начал было тот, но она не дала ему договорить.

— Пожалуйста, без отговорок, я хочу и вы споете.

В ее любезном тоне прозвучала повелительная нотка, и молодой человек направился к роялю.

— Вы держите своих подданных в повиновении... — шутливо заметил Осип Федорович.

— Как и следует, — спокойно ответила она. — А вот и граф.

К ней подходил Виктор Александрович Шидловский.

Если кто видел когда-нибудь глаза смертельно влюбленного, то это были глаза бедного юноши, устремленные на баронессу. Впрочем, под конец вечера, после некоторого наблюдения, Пашков сделал вывод, что семь восьмых присутствующих мужчин были от нее без ума.

Молодая хозяйка с замечательным тактом занимала своих гостей, не давая никому заметить какого-либо ее отличия или предпочтения.

Вечер прошел в живой светской болтовне.

Тамара Викентьевна задержала Осипа Федоровича почти дольше всех. Остались только играющие в карты.

Разговаривая с ней, он между прочим похвалил ее вкус относительно убранства комнат.

— Хотите, я покажу вам мой будуар, он сделан в "стиле возрождения".

Она встала и, как шаловливая девочка, потянула его за руку через все комнаты.

Несмотря на великолепие обстановки ее будуара, он ничего не видел и не чувствовал, кроме ее близости и прикосновения ее руки, которую она, по забывчивости, оставила в его.

Он начал находить наконец свое молчание глупым и, сделав над собой неимоверное усилие, высвободил свою руку и старался внимательно вслушиваться в ее объяснение.

Стены будуара были увешаны дорогими картинами иностранных художников.

У самой кровати, заставленной резной ширмочкой, висела довольно низко небольшая картина, завешанная какой-то темной материей.

Показывая и объясняя откуда она что привезла, о ней она не сказала ни слова.

Какое-то смутное чувство ревности заставило Осипа Федоровича страстно захотеть узнать, что скрывалось под этой темной занавеской.

Он подошел к картине, не сказав ни слова, и прежде, чем баронесса остановила его, быстро отдернул занавеску.

Внезапный вид открытой картины или его дерзкая выходка

смутили ее, но она вдруг изменилась в лице и сдвинула тонкие брови.

Осип Федорович впился глазами в картину. Это был прекрасно сделанный масляными красками портрет мужчины в костюме черкеса.

Его лицо поразило Пашкова. Замечательно правильные тонкие черты и бронзовый цвет кожи указывали, что он не был русский. Большие черные глаза глядели смело, почти дерзко, красивые губы были надменно сжаты.

Лицо идеально красивое, но в нем было разлито что-то неуловимо неприятное, почти отталкивающее, и это что-то делало его крайне антипатичным. С портрета он перевел глаза на баронессу. Она стояла, скрестив руки на груди, и из полуопущенных век тоже смотрела на портрет.

— Кто это? — отрывисто спросил он.

Она подняла голову и спокойно взглянула на него.

— Это мой дальний родственник, уроженец Кавказа, грузин — князь Петр Чичивадзе, я ведь тоже оттуда.

— Зачем же вы его закрываете?

— Чтобы избавиться от лишних вопросов.

Это был явный намек на его неделикатность, и он промолчал. Вернувшись в гостиную, он вскоре распрощался и уехал, получив любезное приглашение бывать почаще.

VI

ЗА ПОРТЬЕРОЙ

Прошло недели три.

Баронесса Тамара Викентьевна полулежала у себя в будуаре на софе в небрежной, усталой позе.

По мягкому ковру комнаты нервной походкой ходил граф Виктор Александрович Шидловский.

Он был, по-видимому, сильно взволнован. Его красивое лицо было бледно и дрожащие губы с трудом выговаривали слова:

— Поймите, что я не могу далее выносить такого обращения! — взволнованно объяснял он ей. — Что вы со мной делаете? Неужели вам доставляет удовольствие так мучить, так терзать меня!

Последние слова он как-то болезненно выкрикнул.

— Пожалуйста, потише! — хладнокровно произнесла она холодным, небрежным тоном.

— Тамара, сжальтесь! — умоляюще проговорил граф, делая шаг в ее сторону.

— Чего вы от меня хотите — я не понимаю?

— Чего я хочу? — отчаянно крикнул он, хватая ее за руку. — Я хочу, чтобы вы более человечно обращались со мной, чтобы зы прогнали от себя этого человека, которым вы теперь так заинтересованы — вот чего мне нужно и вы сделаете это, Тамара! Вы не будете принимать его больше и избавите меня от мук, которые я выношу из-за этого.

— Не кричите! — спокойно выдернула она свою руку. — Про кого это вы говорите?

— Кто же другой, как не ваш новый знакомый, с которым вы встретились на балу у Гоголицыных.

— А, это доктор Пашков! Что же, я не скрываю — он мне очень нравится... — подчеркнула она.

— Тамара, вы шутите? — простонал он.

— Нет, я не шучу, я им увлеклась довольно серьезно.

Граф пошатнулся и несколько мгновений молчал.

— Вы ошибаетесь, баронесса, — медленно, с трудом заговорил он, — вы увлеклись не им, а его состоянием, он богат... этот...

Он не успел договорить.

— Что? — резким, негодующим голосом перебила его баронесса и, бросив на него уничтожающий взгляд, поднялась с кресла. — Вы осмеливаетесь наносить мне оскорбления... Прошу вас выйти вон!..

Он выпрямился, бледный, как полотно.

— Вы гоните меня, после того, как я...

— Замолчите, ни одного слова более, — повелительно крикнула она и резким движением руки указала ему на дверь. — После таких слов я не могу выносить вашего присутствия в моем доме!

Он с горечью засмеялся.

— Это предлог, баронесса, чтобы избавиться от меня, вы давно искали его.

Она молчала, отвернувшись к окну.

Молодой человек несколько минут смотрел на нее помутившимися глазами, потом весь вздрогнул от, видимо, подступавших к его горлу рыданий и упал к ее ногам.

— Простите... простите... Тамара... я не могу... я не могу без тебя... — бессвязно, с рыданиями вырвалось у него.

Не говоря ни слова, она отодвинулась, высвободив платье, за которое он хватался, покрывая его поцелуями.

— Неужели все кончено? Вы не понимаете сами, Тамара, что вы делаете? Вы губите меня совершенно. У меня ведь ничего не осталось в жизни, кроме вас одной.

Он говорил, обливаясь слезами, стоя перед ней на коленях, с протянутыми молитвенно руками.

Она молчала, продолжая глядеть в сторону, неподвижная и холодная, как статуя. Он встал и подошел так близко, что почти касался ее лица.

— Тамара!

В этом одном слове выразилась мука, любовь и мольба.

— Оставьте меня! — произнесла она, отстраняясь.

— Это ваше последнее слово? — спросил он побледневшими губами.

— Да! — вырвалось у нее ледяным звуком.

Граф повернулся и неверными шагами направился к двери.

Он не встретился ни с кем, а между тем не успел он выйти, как в будуар вошел Осип Федорович Пашков.

Объясним в коротких словах, как попал он туда в такое неудобное для хозяйки будуара время.

После первых же свиданий с баронессой, Пашков с ужасом понял, что он, как мальчишка, влюбился в красавицу, забыв свои лета и свою семью. Его бедная жена! Она не могла понять, что делалось с ее мужем. Он целыми часами сидел неподвижно в одной комнате с ней, молчал и думал без конца о другой. Бросить все, уехать куда-нибудь подальше — было свыше его сил. Он был уже крепко запутан в сетях этой женщины.

Может быть, если бы Тамара обращалась с ним так же, как с другими, ему было бы возможно уйти от нее, но он не обольщал себя, что на него обращено больше, чем на остальных, внимания. Его первый разговор с нею, ее любезные приглашения, взгляды, часто останавливаемые на нем даже во время беседы с другими, и, наконец, что-то необъяснимое, чувствуемое нами, когда женщина дает нам понять, что мы ей нравимся — все это заставляло его иметь не только надежду, но прямо уверенность, что она полюбит его.

В те редкие минуты, когда его рассудок говорил громче сердца, ему ясно представлялось все сумасбродство подобных надежд. Могла ли эта красавица, имеющая десятки мужчин у своих ног, отдать свою любовь именно ему, человеку, ничем не выдающемуся?

В такие минуты он клялся не ходить к ней больше, а сам считал дни и часы до следующего свидания.

Власть Тамары над ним являлась каким-то колдовством — до того невероятно было в тридцать пять лет так скоро и так слепо подчиниться женщине. Ведь он совсем не знал ее прошлого, которое при ее красоте и старике муже едва ли было совсем безупречно. Из случайно подслушанного разговора на балу он, напротив, мог заключить совершенно иное.

Иногда его охватывали самые страшные подозрения, но вспоминая ее милую, детскую улыбку и ясный взгляд ее чудных глаз, он снова верил в ее чистоту, верил безусловно и безгранично.

Прошло две недели. Обе пятницы Осип Федорович был у нее, заслушиваясь звуками ее голоса, упиваясь взглядами ее чудных глаз, порой с невыразимою нежностью обращенных на него.

О портрете у них не было сказано ни слова.

Молодой граф Шидловский, по-видимому, сильно ревновал к нему и ходил, как опущенный в воду.

Несмотря на то, что баронесса приглашала Пашкова бывать у нее чаще, чем один раз в неделю, он еще крепился и не решался поехать к ней, когда она была одна.

Раз как-то вечером, возвращаясь с визитов домой, он вдруг почувствовал сильную тоску при мысли, что почти неделя остается до обычного свидания с Тамароюи велел кучеру ехать на Сергиевскую.

В одном из домов этой, по преимуществу, аристократической улицы Петербурга и жила баронесса.

Войдя в переднюю, он осведомился у горничной, отворившей ему дверь:

— Дома барыня?

— Дома-с! — так смущенно и нерешительно ответила она, что он невольно спросил ее:

— Есть кто-нибудь у вас?

— Их сиятельство граф Виктор Александрович.

Быстрая мысль мелькнула в голове Осипа Федоровича.

Он остановил горничную, хотевшую доложить о нем, сунул ей в

руку кредитную бумажку, полученную за последний визит, и вошел, быстро миновав залу, в гостиную.

Она была пуста.

Пройдя следующую комнату и неслышно ступая по ковру, он остановился у дверей будуара за полуопущенной портьерой.

Как ни гадко, как ни подло — он сознавал это — было подслушивать, он не в силах был удержаться от искушения узнать хоть что-нибудь от скрытой до сих пор для него интимной стороны жизни любимой им женщины.

Скрытый портьерой, он видел ее и ее гостя и ясно слышал их разговор.

Сколько пережил он за это время ощущений.

В холодном тоне, которым говорила Тамара Викентьевна с графом, он сначала было не узнал ее голоса.

Когда баронесса заговорила о нем и сказала, что он ей очень нравится, то неизвестно, кто почувствовал более волнения: он ли, Осип Федорович, или несчастный граф?

Он жадно ловил ее слова, касавшиеся его, забывая о муках своего соперника. Он чувствовал, как стучит его сердце, как кровь ударяет в голову.

Осип Федорович присутствовал при всей сцене до конца. И будь он равнодушен к баронессе, ее жестокость и бессердечность оттолкнули бы его, но он ее слишком любил для того, чтобы не простить ей всего.

Когда граф быстро вышел, Пашков успел закрыться портьерой так, что тот не заметил его.

Глубоко потрясенный всем происшедшим и видом ушедшего графа, он не сейчас решился подойти к Тамаре.

Она стояла посреди комнаты и странными, неподвижными глазами смотрела на завешанный портрет.

Осип Федорович тихо, неслышными шагами подошел к ней и не вдруг заговорил, находясь под тяжелым впечатлением только что виденной им сцены.

Заметив его присутствие, молодая женщина вздрогнула и быстро обернулась к нему:

— Вы были здесь? Вы видели? — торопливо спросила она, пронизывая его своими зелеными глазами.

— Да, — медленно проговорил он с невольно подступившей к лицу краской стыда, — я все слышал.

Она молча опустилась на кресло и задумчиво взглянула на него.

Ее лицо уже не имело мраморной неподвижности, глаза ее глядели кротко, почти печально.

VII

БЕЗ ИСХОДА

Мучимый сомнениями о сущности отношений Тамары и графа, Осип Федорович стоял перед ней несколько минут молча.

Выражение его бледного, как смерть, лица доказывало переживаемую им внутреннюю боль.

— Скажите, — начал он наконец, задыхаясь и левой рукой как-то машинально хватаясь за сердце, — что было между вами и графом, что дало ему право так упрекать вас? Это — нескромный вопрос, но вы сами вашими словами дали мне право предложить вам его, — тише добавил он, садясь около нее.

— Да, мой друг, — спокойно отвечала она, — вы можете предложить мне этот вопрос. Я просто отвечу вам на него. Он делал то, что делают все влюбленные, упрекая за то, что он любит, а я — нет. Нас, женщин, обыкновенно обвиняют в несправедливости, но в любви вы, мужчины, несправедливее, чем мы. Отдавая нам свою любовь, вы думаете, что этим оказываете нам такую честь, за которую мы должны, по крайней мере, отплатить взаимностью. Если же этого не случается, о, тогда вы осыпаете нас упреками, обвиняете чуть ли не в преступлении, и все это только за то, что мы, женщины, осмеливаемся не полюбить вас. О, мужчины большие эгоисты! Таким же оказался и граф Шидловский.

41

— Все это так, баронесса, но только тогда, когда женщина не завлекает мужчину и, достигнув цели, не бросает его. В последнем случае упреки вполне основательны.

Она подняла на него свои ясные глаза.

— Вы думаете, что я завлекала его?

На его губах уже вертелось суровое "да".

Он это думал, но тон ее голоса, удивленный и насмешливый, почему-то заставил его не только промолчать, но даже отрицательно покачать головою.

Тамара Викентьевна ласково улыбнулась и наклонилась к нему.

— Я вижу, вы сомневаетесь во мне, Осип Федорович! Напрасно. Я лучше, чем кажусь, и если я когда-нибудь и поступаю дурно, то нельзя мне это поставить в большую вину.

Последние слова она произнесла уже с совершенно серьезным лицом, и две слезинки блеснули на ее светлых глазах. Пашков в эту минуту забыл все свои подозрения и с немым обожанием глядел на ее поникшую головку, готовый отдать все в мире, чтобы иметь право поцелуями осушить эти дивные глазки.

Вдруг она тряхнула головой и рассмеялась. Хотя он и привык к быстрым переменам настроения ее духа, но на этот раз положительно был поражен таким более чем странным, неожиданным, быстрым переходом.

— Вы, я вижу, страшно нервны, баронесса? — заметил он.

— Да, я могу смеяться и плакать в одно и то же время. Нервы у меня действительно ужасно расшатались. Надо будет на лето поехать полечиться. Этот год дорого мне стоил, я чувствую себя такой усталой, что отдых мне необходим.

— Во всем этом виноваты ваши частые выезды, баронесса. Прекратите их и вы увидите, как вы поправитесь.

Она не отвечала и, опрокинувшись на спинку дивана, закрыла глаза.

Ее бледное, нежное лицо действительно носило печать сильного утомления. Легкая синева под глазами указывала на проведенные бессонные ночи.

Посмотрев с минуту на дорогие черты и не смея напомнить о сказанных о нем в разговоре с Шидловским словах, Пашков с сожалением поднялся, чтобы проститься.

— Уже? — воскликнула она таким тоном, что он готов был ее расцеловать. — Ведь еще не поздно!

— Вам нужен отдых, и я не хочу мешать вам, — наклонился он к ее руке и страстно поцеловал ее.

— Когда же ко мне? — спросила она.

— Когда прикажете.

— О, если бы я могла, — проговорила она с многообещающей улыбкой, — я бы приказала бывать у меня ежедневно.

Слова любви чуть не сорвались с его губ, но он удержался и, низко поклонившись, поспешно вышел.

Он вернулся домой в каком-то охватившем его счастливом настроении. Вера Степановна была в детской, куда Осип Федорович и прошел. Она с удивлением увидала его как бы преображенное, счастливое лицо и спросила:

— Что с тобой, Ося?!

Вместо ответа он поцеловал ее и вдруг проникся такой жалостью, увидав и ее просветленное от неожиданной ласки лицо, что неудержимые слезы брызнули из его глаз.

— Ося, милый, что ты? — испуганно воскликнула она, обнимая мужа.

Он молча снял ее руки со своих плеч и, махнув рукой, вышел из комнаты.

Он чувствовал, что глубоко огорчил жену своим молчанием, но что же он мог сказать ей?

Он знал, что эта милая женщина до обожания любит его и что его измена надломит ее и без того слабое здоровье. Он должен был скрывать от нее все, пока это было возможно.

Она была слишком молода и неиспорчена, чтобы заподозрить его в любви к другой женщине, и недоумевала, что сталось с ним.

Часто, сидя за книгой, она целыми часами не перевертывала страницы, и он замечал ее пристальный, вопросительный взгляд, с упреком устремленный на него.

Этот молчаливый укор сильнее слов, угроз и сцен ревности действовал на Осипа Федоровича.

Напрасно он утешал себя, что она останется его женой, его другом, спутником жизни. Он сам не мог не понимать всей ужасной фальши этих утешений.

"Жена", "друг", "спутник жизни" — все это были одни пустые слова без содержания, особенно в первые годы супружества.

Потом, когда любовь обращается в привычку, когда путем сожительства муж и жена действительно обращаются, говоря словами писания, в един дух и едино тело, это единение заполняет их жизнь, но главным образом вследствие того, что они пришли к нему путем любви и страсти, уже улегшихся и отошедших в область далекого прошлого, но как бы остановившихся при своем закате своими лучами и все еще освещающих всю дальнейшую жизнь — супруги в конце все же живут началом.

Горе супругам, начало брачной жизни которых не

ознаменовалось вспышками страсти, любви, ревности. Горе, если они с самого начала были друзьями!

Они не жили, а прозябали.

Анализируя свои чувства к жене с самого начала их супружества, Осип Федорович, как мы уже знаем, пришел к роковому заключению, что он никогда не любил своей жены, не любил в том смысле, в каком следует любить женщину.

Не ведая настоящей страсти, охватившей лишь теперь все его существо, он был ребенком, для которого хорошенькая девушка, какою была его жена в невестах, явилась лишь игрушкой, затем стала действительно женой, спутницей жизни. Ему опять пришли на ум эти фальшивые слова.

"Была ли она его другом?" — мелькнуло в его голове.

И на этот вопрос он, увы, должен был отвечать отрицательно. Какой же это друг, которому он боится взглянуть в глаза?!

Осип Федорович мучился и с ужасом, несмотря на свое все продолжающее опьянение страстью, глядел в будущее.

Он не видал там исхода.

VIII

ПРИ ЖЕНЕ

Случилось, что Пашков с женою приглашены были вскоре на небольшой вечер к Гоголицыным.

Дорогой Осип Федорович молил Бога, чтобы Тамары Викентьевны не было там. Она и его жена вместе — это казалось ему ужасным. Он был уверен, что тогда Вера Степановна сейчас же узнает его тайну.

Когда они приехали, он вздохнул свободно — баронессы не было.

Любовь Сергеевна Гоголицына, очень любившая Веру Степановну, сейчас же завладела ею, а Осип Федорович уселся играть в винт.

Через полчаса к игорному столу подошла его жена и начала следить за игрой.

— Какая-то красавица только что приехала, Ося, — внезапно сказала она, обращаясь к мужу, — я глаз от нее не могла отвести.

Вся кровь бросилась ему в лицо.

— Да, мой друг, я видел ее здесь прошлый раз, — насколько мог равнодушно ответил он.

— Вы, вероятно, говорите про баронессу фон Армфельдт, Вера Степановна? — сказал один из играющих. — Она очень хороша, но сердце ее далеко не отвечает ее внешности.

— Что вы говорите? — удивилась Вера Степановна. — Неужели, обладая таким лицом, можно быть злой? Она похожа на ангела.

— С рогами... — смеясь, добавил винтер.

— Извините, но я вам не верю, — засмеялась Вера Степановна. — Эта прелестная женщина в высшей степени симпатична.

Осип Федорович слушал этот разговор, как на иголках, его жена в своем простодушии хвалила свою соперницу.

— Что она вам сделала, что вы считаете ее такой злой? — продолжала между тем она. — Вы, мужчины, всегда рады напасть на красивую женщину, если она к вам неблагосклонна.

— О, ее благосклонность дорого стоит.

Это становилось невыносимо.

К счастью, третий робер был кончен и Осип Федорович встал. Извинившись, что не может продолжать игру вследствие головной боли, он попросил подыскать другого партнера.

Неприятный для него разговор таким образом прекратился. Он, как трус, закрывал глаза и старался не слушать намеков на жизнь любимой женщины.

Разбить пьедестал, на который поставила ее его страсть, значило разбить его жизнь.

Выйдя из комнаты, он увидел Тамару Викентьевну, которая на его поклон едва кивнула ему головой.

От этого небрежного кивка у него похолодело сердце и, улучив удобную минуту, он подошел к ней.

— Как ваше здоровье, баронесса?

— Благодарю вас, я чувствую себя очень хорошо, — быстро ответила она и, знаком подозвав к себе одного из знакомых, начала расспрашивать его о последнем придворном бале.

Она, видимо, избегала разговора с ним.

"За что?" — думал он, бледный и мрачный, направляясь в другую комнату.

Там сидели Любовь Сергеевна, Столетов и Вера Степановна. Увидав его, последняя поспешно встала и подошла к нему.

— Ты нездоров, Ося? — спросила она, дотрагиваясь до его руки.

— С чего это ты взяла, мой друг, я совершенно здоров! — недовольный, что выдает себя, ответил он.

— В таком случае ты расстроен, я вижу это по твоему лицу.

— Оставь, пожалуйста, много ты понимаешь по моему лицу — я такой же, как и всегда!

— Последнее время я, действительно, ничего не понимаю, — тихо сказала она и отошла к Любовь Сергеевне.

Раздраженный донельзя поведением баронессы, чувствуя всю свою несправедливость к жене, Осип Федорович был зол на весь свет, не исключая и себя, и молча сел около Столетова.

Тот шутил и смеялся с Любой и к удовольствию Пашкова не обратил на него особого внимания.

Недолго, впрочем, его оставили в покое.

Веселая молодая хозяйка обратилась к нему:

— Осип Федорович, у вас сегодня ужасно злой вид, я не привыкла, чтобы вы так хмурились. Что с вами?

— Люди моей профессии и моего возраста никогда не бывают так веселы, как молодежь, Любовь Сергеевна.

— Не правда, вот вам налицо Василий Яковлевич, он гораздо старше вас и не только веселый, а еще ухаживает за мной.

Она лукаво посмотрела на Столетова. Осип Федорович невольно улыбнулся.

— Василий Яковлевич — это исключение.

Из гостиной донесся веселый смех баронессы.

Голос Пашкова прервался, вся кровь прилила к сердцу. С трудом овладев собою, он продолжал:

— Наконец, он уже в таких летах, когда человек довольствуется сравнительно небольшим. Мне бы, например, показалось малым только ухаживать за вами без надежды на взаимность, — уже шутливо добавил он.

Все засмеялись, а Любовь Сергеевна воскликнула:

— Вы умеете, по крайней мере, говорить комплименты.

— Кто это, Любочка? — раздался звучный голос баронессы, внезапно появившейся на пороге.

— Доктор Пашков, Тамара Викентьевна, — со смехом сказала молодая девушка, — правда, от него трудно ожидать такого искусства?

Взгляд Тамары скользнул по лицу Осипа Федоровича.

— Я слишком мало знаю господина Пашкова, чтобы судить об этом, — равнодушно заметила она. — Василий Яковлевич, пройдемтесь со мной, я хочу разузнать у вас о здоровье графини Апраксовой... Вы, кажется, ее лечите.

Она взяла под руку старика и вышла.

Осип Федорович чувствовал жгучую боль в сердце и, нагнувшись к жене, сказал ей вполголоса:

— Мне, действительно, нездоровится, уедем.

Вера Степановна тотчас же согласилась и пошла прощаться с хозяевами.

Он не последовал за ней, собираясь с духом спокойно пройти под холодным взглядом баронессы фон Армфельдт.

Когда он вошел в ту комнату, где она сидела, жена его уже была в передней.

Он дрожащим голосом объявил причину своего раннего отъезда хозяину, сославшись тоже на нездоровье, и во время этого разговора чувствовал устремленный на него взгляд Тамары Викентьевны.

Проходя мимо ее, он молча поклонился.

Она протянула ему руку и в то время, когда он нерешительно брал ее, сказала своим нежным грудным голосом с прежней очаровательной улыбкой:

— До пятницы, Осип Федорович?

Ему хотелось взять эту беленькую ручку и расцеловать каждый ее пальчик за эти милые слова, возвратившие ему счастье.

Он пробормотал благодарность и быстро вышел.

"Что она со мной делает? — думал он, сидя в карете рядом с женой. — Весь вечер не сказала ни слова, а под конец чуть не свела с ума своим взглядом и улыбкой".

Это было уже полное помрачение рассудка.

Осип Федорович не понимал, что хитрая женщина действует так при его жене.

На другой день вечером к Пашковым зашел Столетов.

Сидя за чайным столом, он говорил о здоровье их сына — очень болезненного ребенка.

Вера Степановна, всегда слушавшая его по этому вопросу с напряженным вниманием, сидела теперь такая рассеянная, что это невольно бросалось в глаза.

— Что ты, Вера? Тебе, кажется, надоели наши медицинские разговоры! — решился заметить Осип Федорович, чувствуя какую-то неловкость, которую он стал за последнее время всегда ощущать при разговоре с женой.

— Нет, отчего же, продолжайте, пожалуйста, — поспешно ответила она. — Правда, у меня немного болит голова, я думаю пойти лечь спать. Вы меня извините, доктор?

— О, сделайте одолжение, с таким старым другом, как я, стыдно церемониться, Вера Степановна!

С этими словами Столетов крепко пожал протянутую ему руку Веры Степановны, и она, поцеловав мужа в лоб, ушла.

После ее ухода несколько минут Пашков и Столетов молчали.

Вдруг Василий Яковлевич бросил недокуренную сигару и подвинулся к Осипу Федоровичу.

— Я не хотел говорить при вашей жене, боясь ее испуга, но теперь я вам сообщу неприятное известие.

— Неприятное, для кого? — спросил Пашков.

— Для каждого, кто знает и... уважает баронессу фон Армфельдт, — подчекнул последний глагол старик.

"Опять и опять он слышит о ней. Решительно какая-то судьба преследует его, беспрестанно напоминая ему Тамару!" — пронеслось в голове Осипа Федоровича.

— Что такое? — с худо скрытым волнением спросил он.

— Вы встречались у ней с графом Виктором Александровичем Шидловским?

— Да!

— Этот молодой человек, имевший большое состояние и обширное родство, застрелился прошлой ночью в убогом номере плохой гостиницы, где он жил последнее время.

Осип Федорович молчал, пораженный, как громом, этим неожиданным известием.

Последняя виденная им сцена между покойным графом и баронессой фон Армфельдт восстала в его уме во всех мельчайших подробностях.

— Вы знаете причину его нищеты и смерти? — спросил старик, пристально смотря на Осипа Федоровича.

Последний не мог выговорить ни слова. Ужасное подозрение, поразившее его в самое сердце, сдавило ему горло.

Его душевное состояние так ясно выразилось на его лице, что Столетов взял его за руку и уже мягче сказал:

— Простите меня, друг мой, за боль, которую я собираюсь причинить вам, но верьте, что я делаю это для вашей же пользы, для вашего счастья. Вы позволите мне говорить?

Пашков молча кивнул головой.

— Я давно заметил, что эта, действительно, обольстительная женщина произвела на вас слишком сильное впечатление, которое, увы, она производит на каждого, если захочет. Я не буду вам говорить банальных фраз о семье, о долге, а скажу просто: бегите, мой друг, от этой женщины, пока есть возможность, она погубит и вас, и ваше состояние. Последнему вы не верите, вы возмущены моими словами, я вижу это по вашему лицу, но погодите и не торопитесь возражать мне. Граф Шидловский был богатый человек, когда сошелся с Тамарой Викентьевной.

Осип Федорович тотчас сделал резкое движение, чтобы остановить его.

— Дайте мне кончить. Этот бедный мальчик был влюблен без ума, истратил на нее в короткое время баснословную сумму. Его родные отреклись от него, видя, что не могут остановить его безумия. Когда от его денег не оставалось ничего, прелестная баронесса дала ему отставку. Нищий, оставленный всеми, несчастный пустил себе пулю в лоб.

IX

ПОД ЧАРАМИ

Столетов замолчал.

Осип Федорович испытывал страшные страдания и силой воли старался побороть себя. Тамара Викентьевна оказывалась, по словам Василия Яковлевича, самым низким, подлым существом в мире.

— О, какая мука!

Эти слова помимо его воли вырвались у него.

— Неужели это уже так далеко? — с состраданием в голосе спросил Столетов.

Пашков вскочил и начал ходить по комнате.

— Оставьте меня одного, — наконец с трудом выговорил он. — Я... я должен успокоиться и поехать к ней... Я должен вырвать у нее признание во всем...

Он остановился, задыхаясь.

— Зачем вам это? — тихо спросил доктор.

— Зачем? Затем, чтобы я мог бросить ей мое презрение и сорвать с ее лица маску детской чистоты. О, подлая женщина!

Он опустился на стул и закрыл лицо руками.

— Имеете ли вы, Осип Федорович, настолько прав на нее, чтобы судить ее? Разве она виновата перед вами? — спросил Столетов.

— Она виновата перед всеми, у кого украла уважение к себе! — воскликнул Осип Федорович. — Нет, нет не останавливайте меня, я должен ехать к ней.

— Так поздно, возможно ли?

— Мне все равно! — процедил он сквозь зубы, едва сдерживая подступившее бешенство против той, которой еще вчера поклонялся, как святыне.

Одеваясь вместе с ним в передней, Столетов уговаривал его быть спокойнее.

Осип Федорович не слушал его и только очутившись в санях, на свежем воздухе, несколько пришел в себя.

Его бешенство прошло, но какие адские муки перенес он во время короткого пути — он жил на Литейной — до ее дома.

Он ненавидел ее, но вместе с тем и любил так же безумно, как и прежде, если не более.

Сознание этого двойного ощущения невыносимо терзало его.

Он понимал, что ехал к ней не для того, чтобы услышать какое-нибудь оправдание.

Как ни было достоверно известие, сообщенное ему доктором, он все еще сомневался в нем и надеялся.

Он боялся, что не застанет ее, но, к счастью или несчастью для него, она была дома и одна.

Баронесса сидела в том же будуаре, в том же кресле, как и во время несчастного подслушанного им объяснения с графом Шидловским.

Голубой капот, вышитый серебром, и распущенные пепельные волосы делали ее чудно-прекрасной.

Маленькая голубая туфля, скатившаяся с ее ноги, лежала на ковре.

Увидев его, она слабо вскрикнула и поднялась.

— Боже мой, что случилось? Вы бледны, как смерть!

Он упал в кресло, подавленный своим бессилием перед очарованием этого лица и голоса.

— Да говорите же, ради Бога, что все это значит? Дурно вам? — спросила она, садясь около него и подавая ему стакан с водой.

Он отвел ее руку и собрал все силы, чтобы спокойно говорить с ней.

— Вы слышали... Шидловский застрелился.

Говоря эти слова, он впился глазами в ее лицо.

Трепет пробежал по ее губам, зеленые глаза на мгновение потемнели.

Он наклонился к ней, сжимая ее руки до боли.

— Тамара... Викентьевна... вы виноваты в его смерти?

Несколько секунд она с ужасом глядела на него, затем лицо ее стало по-прежнему спокойно, только ускоренное дыхание показывало волнение.

— Бедный, как мне его жаль! — ровным голосом сказала она. — Только напрасно вы так обвиняете меня, Осип Федорович, я не могу запретить любить себя и не могла себя принудить отвечать на любовь взаимностью, которой не чувствовала.

— Вы взяли у него не только сердце, но, не любя его, брали... и деньги, — весь дрожа, проговорил он.

Она сделала презрительную гримасу.

— Кто вам сказал? Этот сумасшедший мальчик тратил свои деньги на все, что угодно, но только не на меня. Если свет истолковывает это иначе и вы верите, я не стану оправдываться ни перед светом, ни перед вами.

— Вы принадлежали ему? — бросил Осип Федорович ей в лицо новое обвинение, более всех его мучившее.

В ее глазах выразился такой гнев и удивление, что он был обезоружен и замолчал.

Она пожала плечами и отвернулась.

Борясь с сомнениями, которые она в нем пробудила, Пашков встал и несколько раз прошелся по комнате.

Тамара Викентьевна сидела с опущенной головой, с лицом несправедливо обиженного ребенка.

Он остановился перед ней и смотрел не отрываясь, желая прочесть правду на этом прекрасном лице.

Она подняла на мгновение свои глаза, но тотчас опустила, оставаясь неподвижной.

— О, баронесса, как вы меня мучаете! — отчаянно вырвалось у него.

Она встрепенулась и поднялась с кресла.

— Я? Вас?.. — мягким голосом заговорила она. — Разве я могу, разве я хочу этого? Вы сами выдумываете себе муку и страдаете понапрасну. Вы любите меня и должны верить любимой женщине, — тише добавила она, кладя руку ему на плечо.

Он затрепетал от этих слов и прикосновения.

Лицо Тамары Викентьевны было так близко от его лица, что ее дыхание жгло его.

Он потупил глаза, не будучи в силах вынести изумрудного блеска ее глаз.

Она взяла его за руку и посадила на диван рядом с собой.

Кровь до боли стучала в его виски, он чувствовал, что терял самообладание.

— Вы любите меня, — повторила она нежным шепотом, — зачем же мучить себя и меня, отчего не быть нам счастливыми? Разве ты не видишь, не понимаешь, что и я люблю тебя.

Она склонилась к нему и обвила его шею руками. Он испустил болезненный крик и забыл, что он и где он.

Через мгновение он покрывал бешеными, страстными поцелуями ее губы, глаза, шею и, как безумный, повторял одни и те же слова:

— Я люблю тебя, я люблю тебя...

...Весть о самоубийстве графа Виктора Александровича Шидловского с быстротою электрического тока облетела все гостиные Петербурга.

Все симпатии были на стороне так безвременно погибшего юноши, и хор светских кумушек, имея во главе своей родственниц застрелившегося графа, с пеной у рта обвинял в этой смерти баронессу.

В одной из уличных газеток Петербурга появилось подробное романтическое описание этого самоубийства, украшенное фантазией не в меру поусердствовавшего репортера, где под прозрачными инициалами фигурировала, как героиня кровавого романа, баронесса фон Армфельдт.

Страшное обвинение, как ком снега под руками ребятишек, все увеличивалось и увеличивалось по пути.

На пышные, устроенные родными покойного графа Виктора

Александровича Шидловского похороны собралось множество народа, две трети которого и не знали об его существовании.

Графа, признанного сумасшедшим, похоронили на новом кладбище Александро-Невской лавры.

При опущении гроба в могилу раздались рыдания нескольких истеричных дам и девиц.

Баронессы фон Армфельдт, конечно, не было, но Осип Федорович и Гоголицыны явились отдать последний долг.

Нечто странное переживал в своей душе Пашков во время этой печальной церемонии.

"Мертвый во гробе мирно спи, жизнью пользуйся живущий!" — все время вертелись в его уме слова поэта.

И, действительно, начало мирного сна несчастного графа почти совпало с началом пользования жизнью им, Осипом Федоровичем. Под последним он разумел обладание любимой женщиной.

На похороны графа он попал случайно.

Он встретил процессию, возвращаясь с одного визита, и какая-то сила потянула его пойти за гробом, быть может, та же сила, которая бессознательно побуждает преступника идти смотреть на свою жертву.

Он пошел и остался до конца.

Кругом себя он то и дело слышал имя баронессы и не только в устах представителей петербургских гостиных, но и в устах народа.

Между прочим до его ушей донеслась на кладбище беседа двух убого одетых старушек.

— И с чего это он, родимый, прикончился?

— С чего, все из-за нашей сестры... Тоже язвы есть, ехидны, к примеру взять моя золовушка...

— А она-то тут?

— Сказывают нет, притаилася...

— А ведомо кто она?

— Баронесса... Фамилию-то запамятовала, говорили из немок...

— Из немок... Так чего ждать от них... Известно, одно слово — немка...

— Это, голубушка, правильно... Совсем опутала, вишь, касатика... Как липку обобрала и свой портрет подарила... Он этот портрет-то приложил к сердцу, да и бац...

— Ахти, страсти, голубушка... А все же Бога в нем не было...

— Известно, коли бы Бог... Бес ворочал... Где немка, там бес.

— Прости Господи...

— Упокой его душеньку в селениях праведных...

Когда гроб опустили в могилу и засылали землей, Пашков с тяжелым чувством от всего виденного и слышанного возвратился домой.

X

РАБ

Прошел месяц, пролетевший для Осипа Федоровича, как сон. Вернувшись от одного из своих больных, он прямо прошел в кабинет и лег на кушетку. Напрасно, несмотря на сильную усталость, старался он заснуть.

Уже два дня он не видал Тамары, по горло занятый практикой. Ему бы хотелось сейчас же бежать к ней, но мысль, что он обещал жене провести сегодняшний вечер дома, останавливала его.

Вечер этот не представлял для него ничего приятного. Давно прошло то время, когда дружеские tete-a-tete с Верой Степановной служили ему отдыхом от дневных трудов и доставляли удовольствие им обоим.

Теперь, кроме неловкости и смущения, он не чувствовал ничего.

Жена по-прежнему была кротка и ласкова с ним, но во всех ее поступках и речах стала проглядывать какая-то сдержанность.

Он часто спрашивал себя, не догадывается ли она, и не мог ответить, потому что с ее стороны никогда не было ни малейшей попытки узнать, где он проводит последнее время почти каждый день все свои свободные часы.

Все эти вопросы мучили его, не находя разрешения.

Тот самый его дом, куда он, бывало, стремился с чувством радости, все казалось ему уютным и комфортабельным, вдруг потерял в его глазах свою прелесть.

В нем ему еще не так давно дышалось свободно и легко, а теперь воздух его комнат казался ему пропитанным какой-то удушливой атмосферой.

Так бывает на дворе перед близкой грозой.

Небо еще ясно и чисто. Солнышко приветливо освещает землю, и лишь на горизонте появилась красно-бурая полоска, на которую поверхностный наблюдатель природы и не обратил бы внимания, если бы окружающий его воздух не давил бы ему на грудь, если бы не становилось тяжело дышать.

— Быть грозе! — говорят в этом случае люди, и во всей природе наступает томительная тишина ожидания.

То же случается и в жизни людей.

На кажущемся безоблачно-чистом горизонте их жизни тоже вдруг незаметно для них появляется грозная красно-бурая полоска, окружающая их атмосфера начинает давить, и не успеют они оглянуться, как уже небо над их головами покрыто сплошною тучею, рассекаемою зигзагами молнии, и раскаты грома гремят сперва в отдалении, подходя все ближе и ближе.

Благо человеку, выходящему невредимым из этой жизненной грозы — она порой бывает преддверием еще более безмятежной жизни, но зачастую жизненные молнии, если не убивают, то калечат навсегда.

В такой сгустившейся атмосфере домашнего очага тяжело дышал Осип Федорович Пашков.

Как провинившийся школьник, возвращался он домой, боясь

расспросов, а когда, как он видел, их не было, мучался о причинах такого странного равнодушия со стороны жены.

В каждом жесте, в каждом совершенно простом, без всякой задней мысли сказанном слове последней он видел намек, начало конца.

"Начинается!" — мелькало в его уме.

И хотя оказывалось, что ничего не начиналось, но он и в этом не находил успокоения своей нечистой совести.

Как не было сил у него порвать преступную связь с баронессой, так точно не решался он прямо и честно заявить в глаза жене об этой связи, серьезной и неразрывной, существование которой разъедало под корень супружескую жизнь.

Как посмотрит он в светлые, чистые, честные глаза его жены, когда они затуманятся слезами, как нанесет он такой смертельный удар этому хрупкому, когда-то любимому им существу.

"Ты будешь ее убийца!" — шептал ему какой-то внутренний голос.

Пашков трепетал.

"Подлец и трус!" — посылал он мысли по своему адресу.

Эта двойственность его нравственного "я" мучила его до физической боли.

Но это были лишь минуты просветления. Но что он мог с собой сделать? Он безумно любил эту самую женщину, и никакие силы не могли отвлечь его от нее. Он видел ее глазами, говорил ее устами и не хотел верить никому, кроме нее.

Бывали такие минуты, когда он становился гадок самому себе за рабство, за то слепое доверие, пользуясь которыми, эта женщина делала с ним, что хотела. Но такое сознание приходило редко и не приносило ему пользы.

— Что же дальше, что же дальше? — повторял он, ворочаясь на кушетке. — Возможно ли, чтобы это всегда так продолжалось? Не устану ли я разыгрывать роль верного мужа и входить в сделки со своею совестью?

В соседней комнате послышались шаги.

— Кто там? — спросил он.

— Вам письмо барин! — отворяя дверь, сказал лакей.

Он быстро схватил с подноса письмо и, отослав слугу, разорвал конверт. Какой-то инстинкт подсказал ему, что это письмо от Тамары, и он не ошибся.

"Cher Joseph, — писала она, — что это значит, что ты уже два дня не бывал у меня. Я больна и скучаю. Надеюсь, ты не откажешься быть у меня сегодня вечером. Жду тебя к десяти часам. Тамара".

— Конечно, не откажусь! — громко сказал он, прижимая к губам записку и с наслаждением вдыхая знакомый ему запах ландышей.

"А Вера?" — мелькнуло у него в голове. Он вынул часы.

— Сейчас обед, а потом остается три часа до десяти, я не пойду читать в кабинет, я проведу их с женой.

Успокоив себя таким образом, он отправился в столовую. Сидя за столом, Осип Федорович как можно равнодушнее, мельком уронил:

— Я получил письмо от одного из моих пациентов, он просил меня навестить его сегодня вечером.

Сказав эту ложь, он замолчал, ожидая, что ответит ему его жена.

— Что же, конечно, иди, если только ты не очень устал! — спокойно заметила она.

После этого ответа они оба почти не говорили до конца обеда. Он оставил свое намерение сидеть с женой и ушел к себе.

"Странно, она даже не спросила меня, к кому именно я иду?" — думал он, но вспомнил, как резко отвечал он ей на подобные вопросы, которые она ему предлагала в самом начале замеченной ею перемены в их отношениях.

С тех пор она часто удивляла его своим равнодушием к его поступкам и словам. Его мучило любопытство, чем она объясняет его поведение? Может быть, все знает и скрывает?

В обществе ему намекали на его отношения к баронессе, а в товарищеских кружках прямо говорили о них, но известно, что жены всегда последние узнают об измене мужей, точно так же, как и мужья об известном украшении их, по их мнению, мудрых голов. Без четверти десять он вышел из дому.

Ночь была морозная, лунная, и рысак быстро примчал его к подъезду дома, где жила баронесса.

Когда он, как вошло в обыкновение за последнее время, без доклада вошел в будуар, лицо ее было взволнованно, и она поспешно спрятала какое-то письмо.

— От кого это? — спросил он, целуя ее руку.

— От милого! — рассмеялась она и лукаво посмотрела на него.

— Зачем так шутить, Тамара? — с упреком заметил он. — Я тебя серьезно спрашиваю, от кого?

— О, любопытство, о, ревность! От моей родственницы с Кавказа.

Он невольно взглянул на завешанный портрет.

— От него?

— Я же тебе сказала, от кого... — с нетерпением в голосе ответила она.

— Послушай, Тамара, дорогая моя, — заговорил он, придвигаясь к ней и беря ее за руку, — у меня есть к тебе большая просьба, исполнишь ты ее?

— Смотря какая?

— Убери этот портрет из твоей комнаты! — умоляюще сказал он, прижимая ее руку к губам.

— Что за фантазии! Зачем это? — с удивлением воскликнула она. — Не все ли равно, здесь он или нет?

— Нет, не все равно... Видишь ли, я сам не знаю почему, но... ты только не сердись на меня, я ненавижу этот портрет.

— Боже мой, да за что же?

— Я... я не могу объяснить, но, право, ты сделаешь мне большое удовольствие, если уберешь его.

— Ни за что! Вот глупости. Это опять говорит твоя несносная ревность. Ты слишком подозрителен, мой друг, ревнуешь даже к вещам.

— Ведь это оттого, что я люблю тебя, Тамара, — тихо заметил он. — Нехорошо, с твоей стороны, отказывать в моей просьбе.

— Потому что это сущий каприз, ни на чем не основанный, но будет об этом... Скажи мне лучше, отчего ты не был у меня целых два дня?

— Я был занят! — угрюмо проговорил он.

— У, злой какой, уж и надулся, — проговорила она, делая детскую гримасу, — я звала вас, чтобы вы меня развлекали, а вы только тоску наводите.

Она произнесла это таким милым, наивно-капризным тоном и надула губки.

Эта очаровательная в ней смесь женщины и ребенка всегда приводила его в восторг, и теперь он начал покрывать поцелуями ее лицо и голову.

Она в свою очередь приласкалась к нему, и в ту минуту, когда у него начала уже кружиться голова, она вдруг отодвинулась и задумчиво посмотрела на него.

— Что ты, моя радость? — нежно спросил он, обвивая рукой ее стан.

— Я не могу сказать! — потупилась она.

— Что, что такое? — уже тревожно воскликнул Осип Федорович. — Скажи мне.

— Joseph, милый, мне право стыдно говорить об этом. Эта женщина, которая... от которой я получила письмо, она просит, видишь ли, чтобы я прислала ей денег. У нее дела очень плохи, а я, я ей должна... но теперь отдать не могу... у меня столько нет. Это меня мучает.

Говоря эти слова, она так грациозно потупила головку и наконец совершенно спрятала свое лицо на его груди, что Пашков окончательно потерял голову.

— Милая, да что же ты не спросишь у меня? Разве ты не знаешь, что все, что мое, то и твое. Говори же скорей, сколько тебе нужно? — заторопился он, вынув бумажник и из него чековую книжку.

— Нет, не надо, я не хочу брать у тебя! — протестовала она.

— Ты меня обижаешь, Тамара, говори же, сколько нужно?

— Нет, не скажу, не надо, не хочу...

Осип Федорович подошел к ее письменному столу, подписал чек, не выставляя суммы, вырвал его и подал ей.

— Бери сколько хочешь, сумму впиши сама, в этой банкирской конторе у меня на текущем счету двадцать две тысячи.

— О, какой ты добрый! Как я тебе благодарна!

Она обняла его и страстно поцеловала. Обезумев, он опустился перед ней на колени, не выпуская из своих объятий ее стана.

— Все, все, что ты хочешь!.. все возьми! — шептал он, пожирая глазами ее склонившееся к нему лицо.

Она встала, взяла чек, опустила его в карман, затем села к нему на колени и очаровательным движением провела рукой по его волосам.

— Ты мой милый, хороший, и я очень, очень люблю тебя! — шептала она, прижимаясь щекой к его губам.

Он сжал ее в своих объятиях.

— О, божество мое, целой жизни не хватит, чтобы отплатить за то блаженство, которое ты даешь мне.

Прощаясь с ним, она сказала:

— В пятницу ты у меня. Завтра не приходи, не буду дома.

"Жизнь, как ты хороша!" — думал он, возвращаясь домой.

XI

ОРИГИНАЛ ПОРТРЕТА

Была среда — день абонемента Пашковых в опере.

Последнее время Осип Федорович почти не посещал театра, и Вера Степановна вместо него брала с собой кого-нибудь из знакомых.

На этот же раз он поехал, так как в последнюю пятницу Тамара Викентьевна сказала между прочим что будет в опере.

Ложа Пашковых была в бельэтаже.

Первое действие уже началось, когда в противоположную ложу вошла баронесса фон Армфельдт.

Пашков взглянул и чуть не выронил из рук бинокль.

Следом за ней вошел оригинал таинственного портрета в будуаре.

Жгучая ненависть к этому человеку мгновенно поднялась в Осипе Федоровиче.

Инстинктом влюбленного он угадал в нем соперника. Даже после истории с Шидловским он не испытывал такой мучительной ревности, как при первом взгляде на это красивое, смуглое лицо.

Посмотрев на баронессу, он весь задрожал.

Ее *лицо*, это спокойное, всегда бледное лицо с невинными, ясными глазами, совершенно изменилось!

Яркий румянец горел на ее щеках, зеленые глаза искрились под полуопущенными ресницами, во всех чертах лица разлито выражение беспредельного счастья. Казалось, она с трудом сдерживала охвативший ее любовный восторг.

Никогда не была она так хороша, никогда он так безумно не *любил* ее, как в этот вечер.

Осип Федорович сидел неподвижно, устремив глаза на баронессу и ее спутника.

Вера Степановна быстро взглянула по направлению взгляда мужа и дотронулась до его руки.

— Что с тобой, Ося?

— Ах, оставь, пожалуйста! — резко, с нескрываемым страданием в голосе проговорил он, откидываясь на спинку стула.

Вера Степановна смертельно побледнела, еще раз бросила взгляд на противоположную ложу и отвернулась.

Она, видимо, поняла все.

Но что ему было за дело до этого! Оригинал портрета сел так ужасно близко, фамильярно положив руку на спинку ее стула! Тамара улыбнулась ему такой счастливой улыбкой, что вся кровь кипела в несчастном Осипе Федоровиче.

Он ни разу не взглянул на сцену, он был поглощен только этим зрелищем, забыв все и всех.

"Неужели она ни разу не взглянет на меня, ведь она же знает нашу *ложу*", — думал он, нетерпеливо следя за ее взглядом.

Она между тем рассеянно смотрела на сцену и почти не переставала разговаривать со своим кавалером.

Наконец опустился занавес, и баронесса, взяв бинокль, начала медленно обводить взглядом ложи. Легкий кивок головой, равнодушный взгляд, и она снова обратилась к оригиналу проклятого портрета.

Пашков вспомнил вечер у Гоголицыных, когда она так же отвечала на его поклон и весь вечер почти не говорила с ним.

Она объяснила это ему тем, что не хотела возбуждать подозрений его жены.

Но теперь? Теперь это было другое!

Ее глаза, на секунду обращенные к нему, как бы говорили:

"Оставь, не мешай моему счастью, дай мне насладиться им!"

Ему хотелось сию же минуту отправиться к ней и сказать:

"Не смеешь..."

Но дверь в ложу отворилась и вошел полковник Петр Иванович Сазонов. Поздоровавшись, он сел позади Веры Степановны.

— Как вам нравится сегодня Фигнер, Вера Степановна?.. Жена моя говорит, что он "просто душка", и до боли отхлопала себе ладоши, аплодируя, — смеялся он.

— Он очень хорош в этой роли, — ответила Вера Степановна, даже не улыбнувшись его шутке.

— Что это вы как будто больны сегодня, — сказал Петр Иванович, вглядываясь в ее лицо, — совсем побледнели, и глаза какие-то нездоровые?

Она отрицательно кивнула головой.

— Нет, ничего!

— Тогда не смотрите так серьезно. Вон вам моя жена кланяется. Чему она опять смеется?.. Вот я вам скажу веселая бабенка, моя Соня... Но посмотрите, сегодня, кажется, весь партер сошел с ума, все стоят и глядят на Армфельдт. Ну-ка, я взгляну, что сегодня в ней особенного?

С этими словами полковник взял бинокль.

— Эге, — воскликнул он, — действительно, она сегодня чертовски хороша, глаза горят ярче ее бриллиантов. А кто же это с ней? Грузин какой-то и красив тоже, оттого-то, видно, у красавицы глазенки заблестели.

"О, ушел бы ты скорее", — думал Осип Федорович, горя нетерпением пойти к Тамаре Викентьевне.

Вера Степановна пристально взглянула на мужа.

— Я пройду на минуту к вашей жене, Петр Иванович! А ты, может быть, пойдешь к кому-нибудь из твоих знакомых, Ося, — обращаясь к мужу, с видимым усилием добавила она.

Сазонов и Вера Степановна вышли, а Пашков поспешил в заветную ложу.

Войти туда — значило обратить на себя всеобщее внимание, что в другое время, быть может, и удержало бы его, так как толков о нем и так было довольно, но теперь, теперь ему было все равно.

Баронесса поздоровалась с ним довольно ласково, крепко пожав его руку, и, обернувшись к стоявшему рядом с ее стулом молодому человеку, сказала:

— Пьер, это мой хороший знакомый, доктор Пашков. Князь Чичивадзе! — добавила она, обращаясь снова к Осипу Федоровичу.

Красивая голова склонилась перед ним, тонкая, почти женская рука сжала его руку.

Пашков сел на предложенный ему стул.

— Вы, Осип Федорович, кажется, уже заочно знакомы с Пьером? — начала баронесса, играя веером. Я вам говорила о нем, когда вы случайно увидали его портрет.

— А вы разве до сих пор сохранили его, Тамара? — сказал князь, слегка улыбаясь.

— Что же вы думали, что я его выбросила? — засмеялась она. В ее голосе и смехе дрожали никогда до сих пор неслыханные Осипом Федоровичем ласкающие ноты.

— Он висит на почетном месте, в будуаре баронессы, — с легкой иронией заметил Пашков.

Чуть заметная улыбка скользнула по красивым губам князя.

— Много чести! — шутливо сказал он, глядя на Осипа Федоровича насмешливо улыбающимися глазами. — Я чувствую, что недостоин ее.

Пашкова покоробило от этого взгляда и улыбки, и он промолчал, между тем как Тамара Викентьевна звонко рассмеялась. Этот счастливый смех начинал бесить его.

— Я оставлю вас на минуту, Тамара, — сказал князь, — пойду курить.

Оставшись с глазу на глаз с баронессой, Осип Федорович не мог первую минуту выговорить ни слова.

— Как интересна ваша жена, — проговорила она, — я только сегодня разглядела ее — она прехорошенькая.

Его окончательно взорвало.

— Вы не имеете ничего более интересного сообщить мне, как говорить о моей жене? — с такой злобой ответил он, что она с удивлением подняла на него глаза.

— За что вы сердитесь, cher Joseph? Что у вас за тон сегодня?

— Я не верю, что это ваш родственник, вы солгали... — прошипел он, наклонясь к ней.

— Кто же он, по-вашему? — насмешливо спросила молодая женщина.

— Ваш любовник... — процедил он сквозь зубы и быстро вышел вон.

Когда он очутился в своей ложе, его жена сидела уже там с таким бледным, помертвелым лицом, что, как он ни был взволнован, это невольно бросилось ему в глаза.

— Ты нездорова? Хочешь уедем? — спросил он с тоской, догадываясь о причине этого нездоровья.

— Нет, нет, я останусь до конца! — прошептала она и быстро поднесла бинокль к глазам.

Спектакль, казалось, тянулся без конца. Осип Федорович старался смотреть только на сцену, но его глаза невольно устремлялись на роковую ложу, и всякий раз точно кинжал вонзался в его сердце.

Он крепился, сколько мог, чтобы скрыть свои мучения от жены, но когда во время антракта Тамара Викентьевна с князем вышли в аванложу, — он знал, что она никогда не ходила в фойе, — и закрыли за собой дверь, чуть слышный стон вырвался у него из груди, и он облокотился на барьер, уронив голову на руки.

Вера Степановна порывисто встала.

— Я уеду, ты оставайся, карету пришлю назад! — глухим, дрожащим голосом выговорила она.

Он ничего ей не ответил.

Она ушла, а он остался дожидаться конца.

Ни жалости, ни угрызений совести, ничего не чувствовал он в эту минуту. Он, видимо, даже не заметил ухода его жены. Все его внимание, все его мысли сосредоточены были на закрытой двери противоположной аванложи. Жгучая боль разливалась по всем его членам. Он почти терял сознание!

Начался последний акт "Евгения Онегина", но роковая дверь не отворялась.

Наконец баронесса и князь вышли, и Осипу Федоровичу показалось, что выражение лица Тамары Викентьевны сделалось еще счастливее. Он сделал над собой неимоверное усилие и отвернулся по направлению к сцене.

Но он не видал и не слыхал ничего.

XII

МЕЖДУ ДВУХ ОГНЕЙ

Наконец занавес упал.

Под взрыв восторженных аплодисментов начался разъезд. Осип Федорович стоял у выходных дверей, дожидаясь выхода баронессы. Вот показалась знакомая ему, крытая лиловым бархатом, на меху из голубых песцов ротонда.

Тамара Викентьевна медленно сходила с лестницы. Заметив Пашкова, она обернулась и что-то сказала следовавшему за ней князю. Они остановились, он пожал ей руку и отошел, а она приблизилась к Осипу Федоровичу.

— Вы наказаны за ваши дерзости и обязаны проводить меня домой, — с очаровательной улыбкой сказала она. — Ваша жена, кажется, уже уехала?

"Моя жена!" — замелькало в его голове. Он только теперь вспомнил, что он приехал с ней. Она уехала, она будет ждать его! Но разве он может отказать этой женщине! Ведь если он не поедет, поедет другой!

Осип Федорович молча открыл ей дверь и, посадив в поданную у подъезда карету, после мгновенной нерешимости сел сам.

— Что же вы не пригласили вашего родственника! — саркастически спросил он, делая ударение на последнем слове.

76

Она пожала плечами.

— Вы сумасшедший, — спокойно сказала она. — Я вас уже положительно не понимаю! Как можно без всякого основания?..

— Без основания?! — перебил он ее. — Извините, мне кажется, я не слеп и достаточно изучил ваше лицо. Вы вся сияли сегодня, как будто обрели неземное счастье. Это счастье, конечно, заключается в приезде этого князя? — с горечью добавил он.

— О, какой вы несносный! Я предпочитаю молчать и ждать, пока вы хоть немного успокоитесь.

— Я не нуждаюсь в успокоении! — сухо ответил он и отвернулся.

Она, действительно, всю остальную дорогу не говорила с ним ни слова, напевая один из мотивов только что слышанной оперы.

Выходя из кареты, она знаком попросила его следовать за ней.

Он повиновался.

Оставив его в гостиной, Тамара Викентьевна вернулась туда минут через десять в белом кружевном пеньюаре, сквозь тонкую ткань которого просвечивало ее атласное розовое тело, и, подвинув скамейку к креслу, на котором он сидел, села у его ног.

— Распусти мне волосы, — сказала она. — Я отослала мою Машу спать, а самой лень.

Прелестная улыбка открыла жемчужные зубы, восхитительные ямочки появилась на щеках.

— Я не умею, — пробормотал он, чувствуя расставленную ловушку и стараясь не попасть в нее.

Запах ландышей, распространяемый ее волосами, начинал одурять его.

— Что там не уметь! — воскликнула она. — Выдерни все шпильки, и дело с концом!..

И шаловливо смеясь, она опрокинула голову ему на колени.

Он медленно начал вынимать шпильки. Когда он вынул последнюю, по его коленям рассыпались душистые волны роскошных волос.

— Готово! — задыхаясь от волнения, проговорил он. Он отвернулся, стараясь не смотреть на нее.

Она между тем не поднимала головы и, по-прежнему опрокинув ее, напротив, неотводно смотрела на него своими светящимися в полумраке, царившем в гостиной, как у кошки, глазами.

Он чувствовал, как его кровь, подобно огненной лаве, быстро неслась по жилам и невыносимо жгла его.

— Тамара, пусти! — простонал он, стараясь встать.

— Поцелуй меня прежде... — шепнула она.

"Кто, кто спасет меня от этой пагубной страсти, от этой обольстительницы", — думал он, хватаясь за голову и входя в спальню жены.

Вера Степановна уже спала. Он остановился возле ее кровати и с каким-то содроганием смотрел на побледневшее, когда-то дорогое ему лицо.

Сердце его болезненно сжалось.

Ее длинные темнорусые косы свесились с подушки, в правой руке был зажат носовой платок.

— Она плакала, — прошептал он, наклоняясь к ее лицу. Опущенные ресницы были мокры, на одной щеке застыла крупная слеза.

Он опустился на колени и припал губами к ее руке.

Она не шевельнулась, только вздохнула и что-то прошептала во сне.

Как шальной, вышел он из спальни и, не раздеваясь, лег в кабинете.

С этого вечера его жизнь сделалась буквально адом.

С одной стороны — страдания жены, с трудом скрываемые ею, с другой — становившаяся с каждым днем очевиднее измена безумно любимой женщины.

Почти всегда, заходя к ней, он заставал ее в обществе князя Чичивадзе.

Он терпел сколько мог, и только тогда, когда его положение стало уже совершенно невыносимым, он начал умолять ее сжалиться над ним и уехать вместе за границу.

Он решился бросить семью, практику, чтобы только прекратить эту пытку.

Баронесса ответила на его мольбы смехом и заявила, что не намерена покидать Петербурга из-за того только, что ему представляются разные небылицы.

Он до того вспылил, что чуть не ударил ее.

Кончилась эта сцена как обыкновенно: одна ласка с ее стороны, и он вновь всецело попал под ее очарование.

Знакомые, встречаясь с Пашковым, двусмысленно улыбались, намекая на "новую пассию" баронессы фон Армфельдт.

Каждый подобный прозрачный намек был ударом его самолюбию.

Молчаливое страдание его жены причиняло ему тоже адские муки. Ее исхудалое личико, большие грустные глаза, избегавшие его взгляда, доводили его до слез. Он любил ее как сестру, как дочь, и каждый ее вздох больно отзывался в его сердце.

Все это отозвалось на его здоровье. Он сильно похудел и состарился разом на несколько лет. Единственные проблески счастья — редкие ласки баронессы фон Армфельдт начали доставлять ему более страдания, чем наслаждения.

Он стал, кроме того, замечать, что радужное настроение ее духа, продолжавшееся с приезда князя Чичивадзе, начало исчезать, уступая место какому-то странному беспокойству, сменявшемуся иногда лихорадочной, неестественной веселостью.

Она совсем перестала выезжать, и часто он стал заставать ее, погруженную в глубокую думу.

Вскоре ее неровный характер снова сказался: на нее стали находить припадки безумной нежности к нему, но они, увы, заставляли его только страдать, так как за ними следовало полное равнодушие и такое расстройство нервов, что ему становилось страшно.

Заходя довольно часто к Гоголицыным, чтобы избежать мучительных tet-a-tete с женой, Осип Федорович за последнее время почти каждый раз заставал у них князя Чичивадзе и большею частью без баронессы.

Наблюдая за ним, Пашков заметил, что он почти не отходил от Любовь Сергеевны Гоголицыной. Молодая девушка в свою очередь не оставалась, по-видимому, равнодушной к красивому поклоннику.

Пашкову было жаль неопытного ребенка, увлекшегося оригинальной красотой этого, как ему подсказывал какой-то внутренний голос, великосветского авантюриста, но все же он не мог не порадоваться его предпочтению Гоголицыной баронессе.

"Авось он совершенно отстанет от нее, и она станет снова прежней "моей Тамарой", — мелькала в его голове подлая мысль.

Он несколько раз, как бы шутя, пытался обратить внимание баронессы на ухаживание князя за Любовь Сергеевной, но она только смеялась, относясь к этому обстоятельству, по-видимому, совершенно равнодушно.

В его душу начинало закрадываться сомнение, точно ли она изменила ему, так как прямых доказательств не было.

С этой стороны Осип Федорович начал успокаиваться, но зато отношения его к жене еще более осложнились.

Вера Степановна ни словом, ни намеком не показала мужу всю муку пережитого ею вечера в театре.

Она, казалось, по-прежнему ровно и спокойно относилась к нему, хотя он хорошо понимал, что если она ранее могла только догадываться и подозревать, то теперь эти догадки и подозрения облеклись в форму несомненного факта.

Такое отношение его жены к его измене положительно угнетало его.

Иногда внутренне он даже обвинял Веру Степановну в бессердечии, в отсутствии даже в прошлом любви к нему, в низкой комедии, которую она будто бы играла в течении протекших до роковой его встречи с баронессой лет их супружеской жизни.

Подобного рода успокоительные для него обвинения ни в чем

не повинной несчастной женщины, конечно, не могли быть продолжительны.

Несмотря на отуманенный страстью ум, Осип Федорович не мог не понимать всю нелепость взводимых им порой на жену, уже подлинно с больной головы на здоровую, обвинений.

Тогда начинался ряд мучительных самобичеваний.

Жена уже представлялась ему не низкой бессердечной комедианткой, а несчастной жертвой его преступления.

"Я, я ее убийца! — как раскаленным гвоздем, сверлило ему мозг. — Я постепенно подтачиваю ее слабый организм и свожу ее в безвременную могилу".

Он хватался обеими руками за голову и в отчаянии быстрыми шагами ходил по кабинету.

По внешнему виду Вера Степановна, как все женщины, обладающие хрупким, слабым организмом, не казалась особенно больной, а между тем Осип Федорович был прав — нравственная ломка себя губительно отзывалась на ее здоровье, а громадная сила воли этого нежного существа только отсрочивала развязку.

Как врач этого не мог не понимать Пашков и за последнее время все с большим и большим беспокойством стал поглядывать на свою жену.

Время шло. Зимний сезон приходил к концу. Ранняя петербургская весна, сырая, холодная, стояла на дворе. Наступило время детских эпидемий.

К довершению несчастья сын Пашкова, и без того слабый ребенок, простудился и заболел. Эта болезнь произвела страшное впечатление на обоих супругов.

"Вот оно — возмездие!" — мелькнуло в голове Осипа Федоровича.

XIII

КНЯЗЬ ЧИЧИВАДЗЕ

Князь Чичивадзе не переставал настойчиво ухаживать за Любовь Сергеевной Гоголицыной.

Он сумел поставить себя так в обществе, что отношения его к баронессе фон Армфельдт не возбуждали ни малейшего подозрения.

Все считали его ее дальним родственником, так как она была также уроженка Кавказа, да кроме того он и относился к своей "кузине", как он называл ее, далеко не с тем обожанием, которое она привыкла встречать во всех ее поклонниках, и даже открыто, хотя и очень сдержанно, как следует благовоспитанному человеку, осуждал ее за легкомыслие, кокетство и мотовство.

Таким образом, Осип Федорович оставался один со своими подозрениями, которые, как мы уже успели заметить, за последнее время стали сильно колебаться.

Что же касается до отношений его самого к "прелестной Армфельдт", то они были слишком открыты, чтобы быть тайной для окружающих, и если в обществе и говорили ему о "красавце-князе", сопоставляя его с его "кузиной", то только для того, чтобы подразнить "влюбленного доктора", как прозвали его в товарищеском кругу.

Пользуясь частыми встречами у Тамары и Гоголицыных, Осип Федорович начал прилежно изучать предполагаемого соперника.

Князю Чичивадзе было около тридцати лет, но казался он моложе. Неприятное выражение его лица скрадывалось веселой, беспечной улыбкой, часто появлявшейся на его губах.

В обществе он был незаменим.

Веселая, остроумная речь, готовность танцевать или петь, когда угодно, сделали его любимцем не только девушек, но даже солидных дам, которые все были от него положительно без ума.

Он имел небольшой, но замечательно симпатичный и хорошо обработанный голос, и это последнее качество доставляло ему наибольший успех.

Рыцарски любезный со старыми и молодыми той любезностью, которая не переходила границ, где начинается подобострастие, не мешала ему держаться везде и при всех не только с полным сознанием своего достоинства, но даже гордо.

Самому Пашкову почти не приходилось с ним разговаривать, и они лишь каждый раз очень вежливо раскланивались при встречах. Вначале своих посещений вечеров у Гоголицыных, князь держал себя одинаково со всеми молодыми девушками, но за последнее время начал явно ухаживать за Любовь Сергеевной.

Вот все, что Осип Федорович знал о нем, но это все несомненно — так, по крайней мере, думал он — было маской, под которую проникнуть очень трудно.

Однажды он столкнулся с ним в дверях квартиры баронессы фон Армфельдт: он уходил, а Пашков входил.

Взглянув на него, последний просто испугался. Лицо князя

было мрачно, в глазах горел недобрый огонь, и он так свирепо поглядел на него, что Осип Федорович не узнал его обыкновенного веселого и беспечного взгляда.

Тамару Викентьевну он также застал расстроенной, но на все его вопросы она упорно молчала, и он вскоре принужден был уехать, не проникнув в тайну.

Отношения Осипа Федоровича к жене и к баронессе стали так натянуты, что должны были ежеминутно порваться. Ему иногда казалось, что он не живет, а бредит, и что весь этот кошмар должен скоро кончиться. Его любовь к баронессе превратилась в какую-то болезнь, от которой он чувствовал тупую боль, — словом сказать, он устал страдать и впал в апатию.

Время тянулось томительно медленно.

Был вторник — день приема Пашковым больных. Прием окончился в шесть часов. Осип Федорович был сильно утомлен и только что собирался вздремнуть, как в кабинет вбежала горничная и испуганно воскликнула:

— Барин, идите скорей! Барыне дурно.

Он бросился в будуар жены и чуть не наткнулся на нее. Она лежала на ковре, бледная, как полотно, и без всякого признака жизни. Он положил ее на диван и, несмотря на все усилия и средства, почти целый час не мог привести в чувство.

Когда она наконец открыла глаза, то в первую минуту, как ему показалось, не узнала мужа и отвернулась.

— Это я, Вера, — прошептал он, — что с тобой, отчего ты?

Он остановился, пораженный странным выражением ее глаз, устремленных на него.

— Вера... — ближе наклонился он к ней.

— Уйдите... оставьте меня!.. — проговорила она чуть слышно, делая движение рукой, чтобы отстранить его.

— Но ты не можешь остаться без доктора... — тоскливо сказал он ей.

— Пусть Столетов... — слабо шепнула она и снова отвернулась. Она не хотела принимать его помощи, быть может, боялась ее.

Он схватился за голову и выбежал из комнаты.

Послав за Столетовым, Осип Федорович на цыпочках вернулся в будуар и сел в кресло у окна, бесцельно устремив глаза на пол.

Вера Степановна лежала, не шевелясь.

Вдруг он вздрогнул и чуть не вскрикнул; в нескольких шагах от него на ковре лежал портрет Тамары Викентьевны, который он постоянно носил с собой. Он, вероятно, выронил его, а жена нашла и прочла сделанную на нем надпись: "Моему милому, единственному, ненаглядному. Т.А."

Эта мысль, как молния, промелькнула в его голове, и он едва успел поднять портрет, как в комнату вошел Столетов, живший неподалеку от Пашковых.

Осип Федорович шепотом передал ему обморок жены и ее каприз лечиться не у него.

Старик покачал головой и подошел к Вере Степановне.

В эту минуту на пороге появилась горничная и знаком вызвала Осипа Федоровича. Он вышел, и она подала ему письмо с адресом, писанным знакомой рукой. Распечатав его, он прочел следующее:

"Ради Бога, приезжай как можно скорей!

Тамара".

И только! Что случилось, он не мог понять и бросился в переднюю. Пока он одевался вышел и Столетов.

— Куда вы? — сурово спросил он. — Ваша жена очень плоха, полное истошение сил... а вы...

— А я... я должен ехать, — не дал он договорить ему, — постараюсь вернуться сейчас же.

— Опомнитесь! В такую минуту...

Осип Федорович не дослушал и выбежал за дверь. Через десять минут он входил в гостиную баронессы. Она с растерянным, побледневшим лицом бросилась к ему.

— Вы? Слава Богу! Вы одни можете меня спасти, пойдемте ко мне.

Прежде чем он успел выговорить слово, она увлекла его с собой в будуар и усадила в кресло.

— Слушайте, — поспешно начала она, садясь против него, — мне нужны десять тысяч во что бы то ни стало и не позже завтрашнего дня. Вы можете дать мне их?

По подписанному им ранее чеку она взяла пять тысяч.

— Без сомнения! — отвечал он.

— Благодарю, больше ничего сказать не могу теперь, после когда-нибудь...

Он молчал. Она остановилась, а затем вдруг порывисто обняла его и поцеловала.

— Как вы добры, вы не знаете как...

Ее слова прервал резкий звонок.

Тамара Викетьевна вздрогнула и побледнела.

— Это он, это князь... Я должна с ним говорить наедине.

— Я имею полное право слышать все, о чем вы будете говорить с ним! — побледнел в свою очередь Осип Федорович.

— Это невозможно, уходите скорее! — нетерпеливо воскликнула она, толкая его к двери.

— Нет, я не уйду, — твердо, бесповоротно и решительно ответил он.

— О, Боже! Он сейчас войдет сюда! — отчаянно крикнула она и внезапно, обернувшись к Пашкову всем корпусом, со зловещей улыбкой сказала:

— Хорошо, вы хотите остаться, тем хуже для вас, я вас оставляю, но... — баронесса остановилась, — поклянитесь мне, что завтра, несмотря ни на что, десять тысяч будут у меня.

— Клянусь! — едва успел выговорить он, как она толкнула его за ширмы.

Он сел на стул, стоявший у ее кровати, и замер. Не шевелясь, прослушал он разговор, открывший ему все, что он так давно, так сильно хотел знать.

Передать ощущения, которые он пережил в течение этого рокового часа — бессильно перо.

XIV

РОКОВОЕ ОТКРЫТИЕ

В будуар вошел князь Чичивадзе и, не здороваясь с Тамарой, бросился в кресло. Она взглянула на него и нерешительно села рядом.

— Пьер, завтра вы получите десять тысяч!

Он пожал плечами.

— Зачем? Они мне не нужны! — равнодушно ответил он и, вынув портсигар, закурил папиросу.

— Как не нужны? Вы сами сказали, что вам необходимо иметь их как можно скорее! — тревожно воскликнула она. — Я вас не понимаю.

Она устремила на него полный необычайной тревоги взгляд. Он продолжал молча сидеть в кресле, облокотившись правой рукой на стоящий между ним и ею столик, и рассеянно играл левой рукой брелками, висевшими на его часовой цепочке.

— Как же так не нужны? — с еще большей тревогой в голосе повторила она.

— Вы отказали мне в них, а теперь я более не нуждаюсь...

Он небрежно скинул выхоленным ногтем мизинца пепел папиросы в стоящую на столе бронзовую пепельницу.

— Отказала, потому что у меня их не было, а теперь...

— Они у вас!.. Их не было, когда я молил вас дать мне их, и когда я ушел, пригрозив добыть другим способом, вы нашли возможность получить столько, сколько мне надо! — спокойно проговорил князь и насмешливо взглянул на баронессу.

— Если бы вы знали, как мне трудно было решиться просить их, — тихо сказала она. — Но, Пьер, где же вы их получили?

— Я получу их от отца моей невесты. Я женюсь! — коротко объявил он.

Она вскочила, как раненая пантера.

— Что-о? Вы женитесь! Вы, вы шутите!

— Нисколько! Я говорю серьезно! Я женюсь, и женюсь по любви.

— Серьезно! По любви! Ха, ха, ха! — горько и насмешливо захохотала она, и красивые черты ее лица исказились. — Как же я глупа, что не верю. По крайней мере, первому, что ты женишься. Разве можно было ожидать чего-нибудь другого от тебя, который всю жизнь поклонялся только золоту. У меня его не стало, и ты бессовестно бросаешь меня и продаешь себя другой женщине. Но не смей говорить о любви, слышишь, не смей... О, как ты подл! — крикнула она, делая шаг к нему и через секунду продолжала глухим, сдавленным голосом:

— Ты эксплуатировал меня с пятнадцати лет, пользуясь моей безумной к тебе любовью. Ты велел мне выйти замуж за старика, с которого я должна была вытягивать деньги для того, чтобы ты мог играть и платить свои долги. Мой муж, этот несчастный старик, так горячо любил меня, почти разорился из-за тебя же, а когда наконец отказался давать мне столько, сколько ты требовал, ты, злодей, приказал мне отравить его.

Она остановилась, задыхаясь, с каплями холодного пота на лице.

— О, никогда, никогда не забуду я, как дала яд больному старику, который брал лекарство только от меня и так же доверчиво принял смерть из моих глаз.

Она снова на минуту умолкла.

— В ту ночь, когда я стояла у его трупа, я думала, что сойду с ума, и хотела убить себя, но пришел ты... и своими змеиными ласками усыпил мою совесть. Оставшееся состояние перешло в твои руки, а когда и его не стало, я начала продавать свою красоту, обирала жертвы и, делая их нищими, бросала, как выжатый лимон. Эти люди, которые молились на меня, разоряли своих жен и детей, чтобы давать мне все, что я желала. Их я доводила до самоубийства, толкала на преступления для того, чтобы ты был доволен мной, чтобы ты мог удовлетворять свою страсть к игре. А что ты давал мне за это? Две-три недели в год, продавая каждый поцелуй, каждую ласку на вес золота, и, отобрав у меня все, уезжал, покидая меня до тех пор, пока у тебя были деньги.

Она сверкающими ненавистью глазами смотрела на него.

— Зачем было все это говорить? — произнес он, бросая папиросу в карман. — Разве ты сама не пользовалась всем этим?

— Замолчи! — бешено крикнула она. — Хотя ты всю жизнь старался заглушить во мне все хорошее, но память о моей матери и ее словах не умерла во мне! Я скрывала от тебя, что мне стоила эта жизнь, этот смех и улыбка, когда в душе были смерть или стыд. Я играла в любовь со всеми честными и уважаемыми людьми и обкрадывала их сколько могла. И теперь, когда я не могла сейчас же дать тебе десяти тысяч рублей, потому что у меня не доставало духу просить их у человека, который должен отнять их у своей жены и ребенка, теперь ты бросаешь меня, как ненужную тряпку... Для кого же это?

— Я женюсь на Любовь Сергеевне Гоголицыной, — невозмутимо отвечал князь. — Отец дает за ней полмиллиона, но это второстепенный вопрос. Поверьте, я люблю ее.

— На Любе? Бедная девочка. Бедное невинное существо попадает в твои руки... Нет, этому не бывать, я спасу ее от тебя! Он любит... Ха... ха... ха!

Он вскочил.

— Ты с ума сошла, как ты можешь помешать мне?

Она в упор посмотрела на него.

— Пойду и скажу все.

Князь Чичивадзе так грубо схватил ее за руку, что она вскрикнула.

— Тамара, если ты осмелишься... я тебя убью!

— Убьешь! — захохотала она, как безумная. — А что же мне отстается, как не умереть, когда ты разлюбил меня.

— Я тебя никогда не любил. Прощай, — холодно бросил он ей и повернулся к выходу.

Она болезненно вскрикнула, кинулась к нему и обхватила руками его шею.

— Нет, нет, нет! Сжалься, Пьер, не уходи, убей меня раньше! Неужели ты бросаешь меня? Ведь этого быть не может! Ведь ты мой, мой!..

Она прижалась к нему, плача и смеясь, и покрывая его страстными поцелуями. Князь оттолкнул ее и хотел идти. Молодая женщина упала на колени и обвила руками его ноги.

— Никогда, слышишь ли, никогда я тебя не отпущу, — как помешанная, твердила она. — Разве она, эта девочка, будет так любить тебя, как я? Разве она будет жертвовать для тебя всем, как жертвовала я? Пьер, я тебя люблю безумно, всю жизнь, всю душу, все тебе я отдала! Разве я не могу доставить тебе все, что ты хочешь, разве я еще не хороша и не молода?

Она выпрямилась, и распустившиеся волосы образовали золотую рамку вокруг ее чудного мраморного лица с горящими, потемневшими глазами. Он остановился, видимо, сам пораженный этой адской красотой. Она заметила это и бросилась к нему на грудь, покрывая его своими роскошными волосами.

— Ты солгал, не правда ли, это была ложь? Ты меня любишь, любишь еще! — лихорадочно твердила она, силой сажая его в кресло и не выпуская из своих объятий. — О, Пьер, как я люблю, как я люблю тебя!

Она, как змея, обвилась вокруг него и бешено целовала его, дрожа всем телом.

— Послушай, Тамара, — начал князь, — я выслушал все то, что ты сейчас говорила, выслушал спокойно, главным образом потому, что для меня это не ново. Ты так часто повторяла мне все это, вероятно, для того, чтобы я сам наконец поверил тебе и признал бы себя извергом, погубившим твою душу и тело... Возражать я не стану, хотя вопрос, кто из нас жертва, для меня, по меньшей мере, остается открытым.

— Уж не ты ли? — запальчиво спросила она.

— Оставим это... Поговорим серьезно... Я не люблю тебя... Я не любил тебя никогда...

Она отступила от него.

— Ты... ты... не любил...

— Мы оба несчастные люди, связанные друг с другом капризом судьбы. Ужели, если одному из нас улыбается счастье, другой должен стать ему на дороге, хотя от этого не сделается менее несчастным? Я бы не сделал этого, Тамара, если бы ты была в моем положении.

— В каком?

— Я люблю и любим...

— Ха, ха, ха! — неудержимо захохотала она.

В этом хохоте слышались ноты непримиримой злобы.

— Послушай, Тамара, — мягко сказал он, после продолжительной паузы, с трудом сдерживая гнев, возбужденный ее смехом, — разве мы не можем остаться друзьями, когда я женюсь?

— Друзьями! Никогда! — крикнула она. — Нет, нет, я не согласна!

— В таком случае пусти меня, мы должны расстаться навсегда! — нетерпеливо сказал князь и сделал движение встать с кресла.

Она снова бросилась к нему, вцепилась ему в плечи обеими руками и взглянула на него безумными глазами.

— Ты умрешь вместе со мной, раньше чем уйдешь от меня! — прошептала она и, закрыв его рот поцелуем, сжала руками его шею.

Он с силой отбросил ее от себя, так что она упала на ковер, стукнувшись головою об стол.

— Ты помешалась!..

С этими словами он пошел к двери. Баронесса приподнялась и, схватив его за руку, поползла за ним на коленях.

— Убей меня! — рыдала она. — Застрели меня, ведь ты носишь револьвер с собой, и избавь меня от боли, которую я не могу долее выносить. Пьер... мое сердце... о!..

Она глухо вскрикнула и, схватившись за грудь, упала навзничь. Из ее горла хлынула кровь.

XV

НАЧАЛО ИСЦЕЛЕНИЯ

Князь Чичивадзе быстро выбежал вон, а Пашков, обезумевший от ужаса, бросился к баронессе. Схватив графин с водою, он вылил его ей на голову и подложил под нее подушку.

Поднять ее на кушетку у него не хватило сил: его руки и ноги так дрожали, что он принужден был сесть. Позвать кого-нибудь было невозможно — никто не должен был видеть ее в таком положении. Через минуту она пришла в себя, приподнялась и села, обводя вокруг себя блуждающим взглядом.

Смотря на нее, в его сердце ничего не осталось кроме жалости, жалости до боли, до слез.

Кто бы видел ее теперь истерзанную, с мокрыми волосами, забрызганную кровью, тот не узнал бы в этой измученной женщине блестящую петербургскую красавицу, гордую баронессу фон Армфельдт.

Лицо ее потемнело, осунулось, глаза ввалились.

Он наклонился к ней.

— Тамара, дорогая, успокойтесь, придите в себя.

Она молчала, как будто не слыша его. Он осторожно дотронулся до ее руки.

— Ответь мне хоть что-нибудь, Тамара!

При его прикосновении она вздрогнула и, уронив голову к его ногам, глухо, отчаянно зарыдала.

Он совершенно растерялся, хотел ее поднять, но она продолжала лежать на полу, вся вздрагивая от душивших ее рыданий.

— О, как вы должны меня презирать! — судорожно вырвалось у нее.

— Я только жалею вас! — мягко сказал он. — Встаньте, я помогу вам.

— Нет, — сказала она, сдерживая рыдания и поднимая голову, — оставьте меня, дайте мне все рассказать вам, именно так, стоя на коленях, умолять вас, хотя со временем, простить мне мое преступление, как против вас, так и против всех тех, которых я погубила.

— Я все слышал, все знаю и прощаю вас от всего сердца! Вы сами столько страдали, что искупили свои грехи! — сказал он.

Он на самом деле совершенно искренно простил ее и забыл все, что вынес через нее.

Прежде, чем он успел предупредить ее движение, горячие губы молодой женщины прижались к его руке.

— О, выслушайте меня, — прошептала она, — выслушайте, а потом попробуйте простить меня... Не верьте ему...

— Нет, нет, — с силой перебил он ее, — зачем и вам, и мне второй раз переживать этот ужас. Я не хочу этого... — запротестовал он. — Я верю вам... — добавил он, помолчав.

— Вы добрый, я знала... вы простите... но другие... — и снова крупные слезы хлынули из ее глаз, но она быстро отерла их и заплаканные глаза блеснули гневом.

— О, как я его ненавижу! — отчаянно крикнула она, поднялась с пола и пошатнулась.

Он поддержал ее и осторожно довел и положил на кушетку. Она дрожала в своем мокром платье так, что зубы ее стучали. Он покрыл ее всю лежавшим тут же синелевым платком, поправил ее волосы и позвонил.

Явившейся служанке он объявил, что у барыни внезапно пошла горлом кровь и, дав адрес своего знакомого врача, приказал, чтобы немедленно за ним послали, а сам отправился домой.

Подавленный, уничтоженный он очутился у постели жены. При виде ее бледного, похудевшего личика в нем проснулась вся прежняя любовь к ней.

Безумная страсть к баронессе исчезла, вырванная, как ему, по крайней мере, казалось, с корнем из его сердца пережитыми впечатлениями этого вечера.

О, что бы он дал, чтобы вычеркнуть из своей жизни это ужасное время!

"Простит ли меня Вера? Возможно ли простить меня?!"

Эти две мысли не давали ему покоя.

Вера Степановна, открыв глаза и вопросительно взглянув на мужа, шевельнула губами.

Его натянутые нервы не выдержали.

Молча опустившись на колени, он зарыдал, спрятав голову в ее подушки.

Она молчала, глядя на него вполоборота.

Через минуту, сдержав рыдания, он тихо, не поднимая головы, прерывающимся голосом рассказал ей историю последних месяцев.

Она слушала его, не прерывая ни словом, ни движением, с устремленными в одну точку глазами.

Он кончил, она все молчала.

Это молчание, это равнодушие к его мольбам приводило его в отчаяние!..

Но смел ли он надеяться на скорое прощение, имел ли на него какое-либо право?

Нет, он слишком оскорбил эту любящую душу, и если возвратить когда-нибудь ее доверие, то это не будет скоро.

Он медленно поднялся с колен и так же медленно отошел от кровати.

При входе в кабинет, взгляд его упал на портрет Тамары, брошенный им на письменный стол.

Ему снова стало жаль это красивое существо, со спокойным лицом смотревшее на него с портрета.

— Что будет с ней теперь? Как помочь и успокоить ее? Это была его обязанность, его долг! На кого же могла надеяться эта несчастная женщина, как не на него. Если не из любви, то из сострадания должен был он позаботиться о ней.

Такие мысли обрывочно, бессистемно роились в его голове, слишком уставшей для правильного мышления. Казалось, она была налита свинцом и становилась все тяжелее.

Он прилег на кушетку и впал скорее в обморочное состояние, нежели сон.

Было уже двенадцать часов следующего дня, когда его разбудил Столетов.

— Что! Что случилось? — быстро спросил он, поднимаясь и сразу заметив его встревоженное лицо.

— Я от Гоголицыных, Осип Федорович, — отвечал он. — Любовь Сергеевна захворала, за мной прислали в десять часов. Поднимаясь к ним, я встретил баронессу фон Армфельдт, которую с трудом узнал под густым вуалем. Не знаю, что она там делала так рано, только я застал Любовь Сергеевну в сильной истерике, после которой она впала в каталептическое состояние. Мне ничего не хотели сказать кроме того, что у больной было сильное душевное потрясение. От них я заехал к баронессе, но меня не приняли, и я приехал к вам попросить объяснения этой загадки. Мне ужасно жаль бедную девочку, и я не могу не желать узнать настоящую причину ее болезни, как вы хорошо понимаете сами, что необходимо для правильного лечения. Вы, вероятно, знаете ее, мой друг?

"Тамара была там и открыла глаза Любе!" — быстро промелькнуло в голове Пашкова.

— Я ничего не могу сказать вам, Василий Яковлевич! — уклончиво ответил он.

Столетов взглянул на Осипа Федоровича и молчал.

— Вы были у моей жены? — спросил Пашков.

— Был. Ей гораздо лучше.

Осип Федорович с облегчением вздохнул и вместе с ним пошел в ее комнату.

Вера Степановна лежала на постели, устремив глаза на дверь. При виде мужа легкая краска выступила на ее лице, и после едва заметного колебания она протянула ему руку.

Он схватил ее и, покрыв горячими поцелуями, взглянул на жену. В ее синих глазах он прочел прощение себе. Столетов, улыбаясь, смотрел на них и вскоре увел его, запретив всякое волнение больной.

Вечером, собираясь пойти к баронессе, чтобы узнать о

состоянии ее здоровья, он перед уходом зашел к жене спросить ее, не будет ли она иметь что-нибудь против этого.

— Мне жаль ее! Ступай и помоги ей, если можешь!..

Вот что ответила ему эта чудная женщина.

XVI

СМЕРТЬ ТАМАРЫ

Осипу Федоровичу не пришлось увидать еще раз Тамару живой.

Как раз перед уходом из дому, ему подали извещение о смерти баронессы, последовавшей мгновенно от принятого в большой дозе сильного яда.

Прочтя эти несколько строк, написанные равнодушной рукой камеристки, он содрогнулся и закрыл лицо руками.

Впечатление, произведенное на него ее смертью, поразило его. Кроме жалости, смешанной с каким-то ужасом, он ничего не почувствовал.

На другой день, вечером, он стоял у ее гроба.

Она лежала, вся засыпанная цветами, с покойным, строгим выражением сжатых губ.

Все следы страшного, пережитого ею горя исчезли. Она была снова чудесно прекрасна, со своим бледным мраморным лицом и длинными опущенными ресницами.

Он с жадностью всматривался в ее застывшие черты, отыскивал в своем сердце прежнюю нежность к ней... и не находил ее.

Его любовь к этой женщине не пережила перенесенных им от нее страданий — так сперва подумал он.

Простояв несколько минут у гроба, он поклонился ее праху, поцеловал холодную белую руку покойной и отошел.

Комната была переполнена ее поклонниками; некоторые украдкой утирали слезы, многие лица выражали глубокую печаль, а в гостиной бился в страшном истерическом припадке какой-то юноша.

Эта красавица, возбуждающая столько сожалений и горя, покончила с собой, будучи не в силах переносить жизнь, путь которой казался усыпанным розами, для нее же ставший тяжелым бременем.

Пробыв еще немного в толпе, окружавшей гроб, Пашков направился к выходу.

У дверей его остановила камеристка покойной и поспешно сунула ему в руку конверт.

— Барыня за несколько часов перед смертью велела передать это вам! — шепнула она и скрылась.

Он моментально спрятал письмо в карман.

Приехав домой, он распечатал его. Запах ландышей в последний раз живо напомнил все им пережитое и перечувствованное.

Он прочел следующее:

"Друг мой!

Вы доказали мне свое доброе сердце, не оттолкнув меня в самую ужасную минуту моей жизни, и потому только я решаюсь обратиться к вам с последней просьбой. Через час меня не будет на свете, но я умру спокойно, уверенная, что вы ее исполните. У меня есть дочь, которую я обожала и не смела видеть чаще одного раза в год. Не спрашивайте имени ее отца! Я не хочу и не могу сказать вам его. После моей смерти она останется сиротою, так как он отказался от нее при ее появлении на свет, взяв с меня клятву, никогда не называть этого ребенка его дочерью. Я умру, и моя бедная девочка останется одна на свете. Возьмите ее к себе, замените ей отца, сделайте это ради вашей прежней любви ко мне! Передайте вашей жене это предсмертное желание несчастной матери, она сама мать, она поймет меня.

Прощайте и простите. Т. А.".

Затем следовал подробный адрес местопребывания ребенка.

Осип Федорович спрятал письмо в ящик письменного стола. Говорить об этом с больной женой в настоящее время было неудобно.

События последних дней и так расстроили ее. Беспокойство еще усилилось в силу осложнившейся болезни ребенка — у него сделалось воспаление мозга.

Осип Федорович не пропустил ни одной панихиды и делал это по настоянию своей жены, которая сама напоминала ему о них.

На панихидах присутствовал и князь Чичивадзе, но, видимо, избегал Пашкова.

Он стоял бледный, как мертвец, с устремленными в одну точку глазами и неподвижным мраморным лицом и ни разу — Осип Федорович украдкой наблюдал за ним — не перекрестился.

Они оба присутствовали и на похоронах баронессы фон Армфельдт.

Похороны были пышны и многолюдны. Петербургский свет, падкий до всякого рода скандала, нашел в романтическом самоубийстве Тамары Викентьевны обильную пищу для продолжительных толков и пересудов.

"Весь Петербург", как принято выражаться об этом "свете", перебывал на панихидах у гроба в конце своей жизни сильно скомпрометированной светской львицы и в полном составе явился на похороны.

Присутствие на них доктора Пашкова, о связи с покойной которого говорили во всех гостиных, и князя Чичивадзе, находившегося относительно связи с баронессой лишь в подозрении, но известного своим сватовством за Любовь Сергеевну Гоголицыну, сватовством, разрушенным Тамарой Викентьевной в день самоубийства, придавало этим похоронам еще более притягательной силы для скучающих в конце сезона петербуржцев.

Масса карет, колясок, английских шарабанов проводили печальную процессию в Новодевичий монастырь, где, после отпевания в монастырской церкви, баронесса Тамара Викентьевна фон Армфельдт нашла себе вечное успокоение от своей полной тревволнений жизни.

Осип Федорович вернулся к себе домой и, лишь оставшись наедине с самим собою в своем кабинете, стал переживать более сознательно впечатления последних дней.

Он искал в себе чувство жалости к опущенной несколько часов тому назад в могилу еще недавно так безумно любимой им женщины и не находил в себе этого чувства.

Он припомнил первую панихиду в квартире покойной и то, что его поразил возглас священника:

"Упокой душу рабы твоея новопреставленной Татьяны".

"Татьяны?.." — повторил он тогда и мысленно задал себе вопрос: "Кто же умер?"

Он стоял невдалеке от гроба, и невольно его взор устремился на лежавшую в ней покойницу.

В гробу лежала "его Тамара".

Только необычайным усилием мысли он понял, что "Тамара" было ее светское имя, и что покойницу звали Татьяной.

"Действительно, — далее как-то странно заработала его мысль. — Тамара не могла умереть, или, лучше сказать, мертвая она не могла быть Тамарой... Весьма естественно, что в гробу она Татьяна, совершенно не та, какою она была при жизни... Потому-то он так безучасно и смотрит на труп этой Татьяны... Он совсем не знал ее... Тамара, эта чудная женщина, вся сотканная из неги и страсти, с телом, распространявшим одуряющие благоухания, с метавшими искры зелеными глазами — исчезла... Ее нет... Этот холодный труп красивой Татьяны не имеет с той Тамарой ничего общего... Это даже не труп Тамары... Тамара была, значит, созданием его страсти, фантазии сладострастия... Галлюцинация, такая реальная, так похожая на жизнь, на любовь, прошла... Зачем же он стоит у гроба этой посторонней для него женщины... Зачем молится он об упоении души рабы Божией Татьяны... Разве у Тамары была душа... У нее было одно тело... Этого тела нет — нет и Тамары.

Он понял теперь, что когда он сделался невольным свидетелем роковой последней сцены между баронессой фон Армфельдт и князем Чичивадзе, ему только показалось, что увлечение его этой женщиной прошло.

Взгляд на ее портрет в тот же день снова шевельнул в его сердце прежние чувства, и несмотря на его исповедь перед женой, если бы Тамара не сделалась Татьяной, лежащей в гробу, он бы снова пошел на ее зов, позабыв и жену, и больного ребенка, и снова, как раб, пресмыкался бы у ее ног, ожидая, как подачки, мгновенного наслаждения.

Он забыл бы и то, что она при нем пресмыкалась у ног другого, с презрением отталкивавшего ее от себя.

Такова была над ним ее сила.

Но эта сила была при ее жизни. Мертвая она не вызывала даже сожаления. В ее смерти — его спасение.

Осип Федорович в первый раз после долгих месяцев вздохнул полною грудью.

Нравственно он успокоился, но и физическое утомление взяло свое. Он бросился на кушетку, и не прошло нескольких минут, как он заснул, как убитый.

Он проснулся только через три часа. Это было как раз время обеда. Он вошел в столовую совершенно свежий, обновленный, спокойный.

Вера Степановна встретила его приветливой улыбкой. За обедом она раскрашивала о похоронах. Он мало мог рассказать ей. Все время панихиды и похорон он лишь украдкой смотрел на князя Чичивадзе, остальных он не видел никого. Осип Федорович, однако, удовлетворял любопытство жены общими фразами.

— Она не оставила никакой записки? — сказала уже за чашкой кофе Вера Степановна.

Пашков молча встал, вышел в кабинет и, вернувшись с запиской баронессы в руках, также молча подал ее жене.

Какой-то внутренний голос побудил его сделать это.

Вера Степановна внимательно прочла записку и с волнением сказала:

— Она не ошиблась во мне… Я свято исполню ее волю.

Осип Федорович схватил обе руки этого ангела во плоти и покрыл их поцелуями.

XVII

ПРИЕМНАЯ ДОЧЬ

Самоубийство баронессы фон Армфельдт в течение нескольких месяцев было предметом жарких пересудов в петербургских гостиных, а главным образом в Павловске, Петергофе и на Островах, куда вскоре на летний сезон переселилась часть петербургского большого света, лишенная родовых поместий и не уехавшая "на воды".

Делались догадки и предположения, сочинялись целые романтические истории.

Не говоря уже о том, что тотчас после катастрофы заметки о самоубийстве баронессы с фотографическим описанием гнездышка покончившей с собой великосветской красавицы появились на страницах столичных газет, подробно были описаны панихиды и похороны, в одной из уличных газеток начался печататься роман "В великосветском омуте", в котором досужий романист, — имя им теперь легион, — не бывший далее швейцарских великосветских домов, с апломбом, достойным лучшего применения, выводил на сцену князей, княгинь, графов и графинь, окружающих его героиню, "красавицу-баронессу", запутывающих ее в сетях интриг и доводящих несчастную до сомоотравления.

Хотя все эти великосветские денди и леди романа напоминали приказчиков Гостиного двора и мастериц модных магазинов, а сама "героиня-баронесса" почетную посетительницу "Альказара" и "Зоологического сада", но роман был прочтен с интересом завсегдатаями петербургских портерных и закусочных лавок.

С наступлением следующего зимнего сезона оба самоубийства, графа Шидловского и баронессы фон Армфельдт, были забыты, заслоненные выдвинувшимися другими пикантными историями на фоне великосветской жизни.

На более долгое время — так как со временем забывается все — самоубийство баронессы оставило след в двух петербургских домах.

Это были дома Гоголицыных и Пашковых.

Любовь Сергеевна Гоголицына опасно заболела после совершенно неожиданного для нее объяснения с баронессой фон Армфельдт, сдержавшей, как, если припомнит читатель, догадался Пашков, свою угрозу князю Чичивадзе и открывшей молодой девушке глаза на свои отношения к этому красавцу.

Под влиянием нервного раздражения, а, быть может, и потому, что ей нечего было терять, так как она решилась умереть, Тамара Викентьевна сделала это грубо, почти цинично.

Увлекшаяся на самом деле серьезно князем молодая девушка не вынесла удара.

Ее, после ухода баронессы, нашли распростертой на полу гостиной в глубоком обмороке.

Созванные доктора с трудом привели ее в чувство, но, увы, открыв глаза, несчастная девушка не узнала окружающих и тотчас снова потеряла сознание и впала в бред.

Ее мать, Маргарита Васильевна Гоголицына, как зеницу ока оберегавшая свою единственную дочь от жизненных огорчений, конечно, не отходила от постели больной, лишь изредка, и то после кризиса, чередуясь с приглашенными сестрами милосердия.

Из бреда дочери она узнала роковую причину болезни своей крошки — Любы и, конечно, от всего любящего материнского сердца возненавидела князя Чичивадзе и отдала приказание не принимать его.

Он, впрочем, не появлялся и сам, а вскоре после похорон баронессы фон Армфельдт незаметно исчез из Петербурга.

Болезнь Любовь Сергеевны затянулась.

Все лето Гоголицыны должны были провести на зимней квартире и лишь к концу августа, по совету врачей, повезли оправившуюся, но все еще слабую дочь за границу в назначенные консилиумом врачей курорты.

Над домом Пашковых тоже разразился страшный удар.

По странной иронии судьбы в ночь, следовавшую за днем похорон баронессы фон Армфельдт и за вечером, когда Вера Степановна, прочитав предсмертное письмо Тамары Викентьевны, выразила непременное желание исполнить ее волю и взять к себе на воспитание незаконную дочь баронессы, единственный ее сын умер.

Агония началась в два часа ночи, и к четвертому часу утра, несмотря на то, что у постели четырехлетнего мальчика собралось шесть докторов, в объятиях неутешной матери лежал холодный трупик.

Отчаянию Веры Степановны не было пределов. Она рыдала, как безумная, но этот сильный взрыв горя, как быстро наступающая буря в природе, не продолжался долго.

На другой же день тихая грусть, дающая место рассудку, сменила отчаяние.

Ребенка похоронили, и Вера Степановна последний раз горько зарыдала на его могилке на Волковом кладбище.

Вернувшись домой, она сравнительно скоро успокоилась. Впрочем, все, напоминающее ей о ее сыне, включая его кроватку, тщательно убрали и спрятали.

Религиозная по натуре и воспитанию, Вера Степановна нашла себе утешение в молитве.

Кроме того, когда она могла уже рассуждать спокойно, она поняла, что смерть ребенка не была неожиданностью. Он был всегда болезненный и хилый, а воспаление, или даже, как определил Столетов, паралич мозга, если бы и мог быть излечен, оставил бы на всю жизнь след в ослаблении умственных способностей мальчика.

"Лучше смерть, чем идиотизм!" — мысленно повторила она утешение Василия Яковлевича.

Страшное, хотя не наружное, а внутреннее впечатление произвела смерть сына на Осипа Федоровича.

Мучимый угрызениями совести, он прямо видел в этой смерти кару неба, поразившую за грех его одного и ни в чем не повинную его жену.

Эти мучения еще более усугублялись, эти мысли еще сильнее жгли его мозг, так как он принужден был скрывать их от жены, стараясь при ней казаться спокойным, даже веселым.

Предсмертное письмо баронессы фон Армфельдт несколько раз приходило ему в голову, но он не допускал и мысли о возможности напомнить о нем Вере Степановне.

Ему казалось даже, что она теперь несомненно раздумала брать ребенка женщины, которую, быть может, даже наверное, она считает не только виновницей, проведенных ею страшных месяцев, но и причиной смерти ребенка, последовавшей за грехи его отца.

Свою мысль об этом он приписывал и жене.

Если он сам обвинял себя, как же она могла поступать иначе?

Так думал он.

Осип Федорович считал даже, что это к лучшему.

Присутствие в доме дочери Тамары, казалось, будет все-таки напоминать ему, а главное его жене о пережитых мучительных месяцах.

Он понимал, что эта мысль эгоистична, но не мог отрешиться от нее.

Сам он не оставил мысли позаботиться о дочери баронессы и таким образом хотя наполовину исполнить просьбу покойной, но и в этом смысле не решался заговорить с женой, сделать же это от нее тайно ему было неприятно — он еще тогда, после слышанного им разговора между Тамарой и князем Чичивадзе и почти исцеления от его пагубной страсти к первой, решил не иметь более тайн от своей жены.

Таким образом, он откладывал день ото дня свой визит по адресу, находившемуся в письме баронессы, и даже полузабыл этот адрес, так как письмо находилось у его жены, а спросить его, повторяем, у него не хватало духу.

Прошла неделя.

Осипу Федоровичу снова пришлось убедиться, что он совершенно не знает своей жены.

Вера Степановна первая начала разговор о предсмертном письме баронессы.

— Съезди, Ося, привези девочку... — сказала она за утренним чаем.

— Куда съездить, какую девочку?.. — вытаращил на нее глаза Осип Федорович, действительно, сразу не понявший, о чем говорит его жена.

— Как какую?.. Дочь этой несчастной...

Вера Степановна вынула из кармана платья письмо Тамары и подала мужу.

— Разве ты хочешь?.. — робко спросил он, принимая письмо.

— Ведь я же сказала... Разве я могла шутить этим... — с совершенно несвойственной ей строгостью в голосе сказала она.

— Я думал... — начал было Осип Федорович.

— Наш бедный мальчик с самого рождения был обречен смерти, — грустно перебила его она. — Быть может, Господь Бог именно и посылает эту девочку нам в утешение... Съезди, привези ее, Ося, я с нетерпением буду ждать вас.

Осип Федорович с благоговением посмотрел на свою жену и, напившись чаю, отправился по адресу, находившемуся в письме.

Он застал девочку в маленькой, но чистенькой квартире на Песках в семействе одного мелкого чиновника, где уже знали из полученного от баронессы тоже перед смертью письма, что девочку должен взять доктор Пашков, который и заплатит по расчету недоплаченные за ее пребывание в этом семействе деньги.

Девочку звали тоже Тамарой; ей было пять лет, и это был прелестный ребенок.

Смуглая брюнетка, с вьющимися от природы волосами и бойкими серо-зелеными глазами матери.

Она была далеко не дикарка и быстро освоилась с приехавшим "дядей", к появлению которого, видимо, впрочем, была подготовлена.

— Это папа, папа... — сказала девочке ее воспитательница.

— Папа, папа... — повторил бессознательно ребенок.

Осип Федорович посадил маленькую Тамару на колени, и она стала играть цепочкой от его часов пока укладывали в маленькую изящную корзинку ее белье и платья.

Расплатившись с чиновницей, Пашков уехал вместе с Тамарой и ее багажом.

Вера Степановна, действительно, с нетерпением ожидала их возвращения.

Девочка ей очень понравилась, и она с увлечением стала заниматься ею.

Не прошло и двух недель, как маленькая Тамара совершенно освоилась со своим новым положением и с полным детским убеждением называла Осипа Федоровича "папой".

Веру Степановну она стала называть "мамой" несколько позже, когда образ ее настоящей прежней "мамы", видимо, совершенно стушевался в ее детском воображении.

С появлением ребенка дом оживился.

Стала неузнаваема и Вера Степановна, удовлетворенная в своем материнстве.

Маленькая Тамара была с ней так нежно-ласкова, точно желала искупить перед ней грехи своей матери.

Вера Степановна положительно не чаяла души в этом ребенке.

Состояние духа Осипа Федоровича продолжало быть далеко не

из веселых. Ангельская нежность и доброта его жены только усугубляла его раскаяние, а нравственная ломка перед женой наконец отразилась и на физическом его состоянии.

Он стал страшно нервен и даже изредка впадал в меланхолию.

Прошло полгода.

Вера Степановна заметила недомогание мужа и заставила его обратиться к докторам после долгих, впрочем, протестов.

Столетов собрал консилиум, которым решили, что ему надо развлечься путешествием с возможно частыми переменами места, а следовательно и впечатлений.

Оставив Тамару в семействе своей старшей сестры, Вера Степановна поехала вместе с мужем.

Они пропутешествовали более года и, действительно, Осип Федорович поправился совершенно и вернул свое прежнее расположение духа.

На возвратном пути в Россию они заехали в Ниццу с целью посмотреть на Монте-Карло и шутя попытать счастья.

Здесь ожидала их встреча с трупом князя Чичивадзе, окончившего свою жизнь самоубийством.

XVIII

МИЛЛИОН

Лето 1895 года для неизбалованных теплом петербуржцев показалось почти тропическим.

Безоблачное небо, жаркие дни и теплые, сухие вечера, даже в болотистых окрестностях приневской столицы были диковинкою для сторожилов.

На дворе стояли последние числа июня. Был девятый час вечера.

На великолепной террасе одной из комфортабельных дач Павловска, выходящих в парк, в качалке, покрытой вышитым ковром, в усталой позе полулежал хозяин дачи, доктор Осип Федорович Пашков.

Он мало изменился, но заметно пополнел, и на его лице, несмотря на некоторое утомление, появилось выражение спокойного довольства.

Видно было, что выкинутый из тихой пристани семьи внезапно налетевшим жизненным шквалом, он благополучно вернулся в нее и нашел в ней уже ничем в будущем не нарушаемое спокойствие.

Одет он был в легкий пиджак, а между тем остальные части туалета указывали, что он только сейчас снял совершенно несоответствующий летнему сезону фрак.

Низко вырезанная фрачная жилетка и белый галстук бросались в глаза, служа дисгармонией пиджаку.

Осип Федорович, действительно, только сейчас вернулся из города вместе с женой, которая пошла переодеваться, и, сбросив фрак, надел чесучовый пиджак и улегся на качалку.

Он был утомлен почти целым днем, проведенным в городе, и с удовольствием вдыхал теплый вечерний воздух, смешанный с ароматом цветов, росших в горшках вокруг террасы и клумбах сада.

Они с женой ездили в Петербург на свадьбу Любовь Сергеевны Гоголицыной с бароном Остен-Зинген.

Барон был блестящий гвардеец, и брак этот, как говорили в обществе еще в конце прошлого зимнего сезона, заключался по любви.

Время и годы взяли свое.

Вернувшись через год, Любовь Сергеевна совершенно позабыла о своем мимолетном романе с князем Чичивадзе, и в вихре светских удовольствий, как рыба в воде, чувствовала себя как нельзя лучше.

Ей минуло двадцать два года — роковые годы для девушки.

Надо было сделать партию. Барон Остен-Зинген был блестящей.

Он начал ухаживать за ней в прошлом сезоне, а в конце сделал предложение, и сегодня они венчались. Обряд был окончен.

В соседних с церковью залах стали разносить шампанское, фрукты и конфеты, а после принятия поздравлений молодые заехали домой, чтобы переодеться, и уехали в свадебное турне за границу.

Все были довольны.

Почему же Осип Федорович, сидя у себя на даче, чувствовал не только физическое, но и нравственное утомление.

Какое-то безотчетно горькое чувство шевелилось в его душе во время этой церемонии, хотя, вращаясь в великосветском кругу Петербурга и как врач, и как знакомый, он присутствовал на десятке подобных свадеб, как две капли воды похожих одна на другую и по внешнему эффекту, и по внутреннему содержанию.

Но Осип Федорович и его жена любили Любовь Сергеевну Гоголицыну, а с тех пор, как он и она потерпели почти в одну и ту же жизненную непогоду, он почувствовал к ней какое-то теплое чувство товарищей по несчастью.

Ему хотелось иной, не шаблонной великосветской свадьбы. Блестящий барон-жених не удовлетворял требованиям Осипа Федоровича. При виде его, ему все припоминался стих Некрасова:

> Пуста душа и пуст карман,
> Пора нашла жениться!

Он не верил в светские толки об этом браке, как о браке по взаимной любви.

"Люба несомненно влюблена в него, но он... "он чувства расточил у Кессених в танц-классе..." — снова лезли ему в голову стихи Некрасова.

"Полмиллиона, даваемого в приданое за Гоголицыной, играли и играют в его красивой голове большую роль, нежели стоящее около него перед аналоем живое существо!" — злобно думал Осип Федорович, глядя в церкви на жениха и невесту.

В воображении его восстал образ другого красавца — князя Чичивадзе.

"Не была ли Гоголицына счастливее с тем, нежели с этим?" — этот совершенно неожиданный вопрос восстал в уме Пашкова.

Он не взялся бы решить его категорически. Он стал воспроизводить мысленно врезавшееся в его память письмо князя Чичивадзе в Ницце, когда уже князь лежал бездыханный с раздробленной головой. Он писал его перед смертью. Перед смертью не лгут.

И он не лгал.

В этом был убежден Осип Федорович по искренности тона этого письма. С этим согласилась и Вера Степановна.

Недаром оба они невольно прослезились, читая строки, написанные рукой решившегося покончить с собой человека.

Он говорил в этом письме о той искренней, беззаветной любви к Любовь Сергеевне Гоголицыной, которую он впервые почувствовал в своем сердце, даже не подозревая, что в нем могло найтись место для такого чистого увлечения.

"Эта полудевушка, полуребенок сделала чудо, она обновила меня — я переродился! О, как показалась гнусна мне вся моя прошлая жизнь, как отвратительна моя невольная сообщница, несмотря на ее ангелоподобную красоту!"

Это подлинная фраза письма. Осип Федорович особенно ясно запомнил ее. Она, конечно, касалась баронессы фон Армфельдт, хотя имя ее не было ни разу названо в письме.

Далее шла искренняя исповедь князя. Почти мальчиком он встретился с "этой женщиной" и с безумной страстью, какая только могла быть при его пылком темпераменте, увлекся ею. Он был богат, но через два года оказался разоренным, он все истратил на ее безграничные прихоти. Ему оставалось умереть, а между тем ему так хотелось жить, жить для нее — его страсть к ней ни мало не уменьшилась обладанием. Он нашел ответ на эту страсть в ее чувственной природе... Она не оттолкнула его, почти нищего, но с замашками богача... Она исподволь подготовляла в нем сообщника своих будущих преступлений, начавшихся отравлением ее мужа, а затем наглых, бессердечных обирательств жертв, имевших несчастье увлечься ее красотой. Их было много, как мотыльки летели они на огонь и падали один за другим с обожженными крыльями. Отуманенный страстью, он поддался ей настолько, что даже позволил убедить себя, что не она, а он толкал ее на преступления... Он признавался, что это не продолжалось до конца ее жизни, еще ранее у него открылись глаза, он стал презирать себя, и это презрение он топил в кутежах, на которые надо было денег. Он брал их у нее. Так продолжалось до встречи с Любовь Сергеевной Гоголицыной, за любовь к которой он ухватился, как за соломинку утопающий. Он думал, что любовь к будущей жене и — он не скрывал этого — ее состояние помогут ему исправиться. Судьба решила иначе... Эта женщина стала между ним и любимой им девушкой. Стала перед тем, как умереть, так как знала, что он, князь, не вернется к ней.

Любовь к чистой девушке и обладанье этой тварью не могли идти рядом. Она понимала это.

Такова была эта часть письма князя Чичивадзе, которая заключала в себе его предсмертную исповедь.

У него было сердце. Есть ли оно у барона Остен-Зинген?

Осип Федорович вынул сигару и закурил. Несколько минут он сидел без дум, наблюдая за синим дымком гаваны, вившимся в прозрачном воздухе.

Звонкий смех ребенка заставил его посмотреть в сад.

Там играла под присмотром бонны семилетняя зеленоглазая Тамара — дочь князя Чичивадзе и баронессы фон Армфельдт.

Мысли Пашкова перенеслись на девочку, которую он и жена удочерили, и, следовательно, она могла с законным правом называть их "папа" и "мама".

120

"Ее судьба будет иная, — думал он, — она получит серьезное воспитание и образование, и когда вырастет и кончит курс, избранник ее сердца женится на ней, а не на ее состоянии... Последнего у нее не будет... Кроме вещей, она не получит ничего... Ее муж должен быть человеком труда... Когда же они проживут с мужем десять лет, то в десятую годовщину их свадьбы он или его жена, если они оба или один из них доживут до этого дня, вручат ей квитанцию государственного банка на тот миллион франков, который выиграл перед смертью в Монте-Карло ее отец, князь Чичивадзе, не упомянув имени ее отца.

Такова была воля князя, выраженная в деловой части того же предсмертного письма, при котором приложены были переводные расписки одного из банкирских домов Ниццы на имя Пашкова. Вот куда девался этот, по мнению публики Монте-Карло, исчезнувший миллион.

Покойный князь знал тлетворное влияние денег на молодость, а потому и назначил десятилетний со дня замужества или совершеннолетия его дочери срок.

В руках зрелых людей, уже испытанных судьбой и жизнью, этот "исчезнувший миллион" принесет более пользы, чем богатство при самом вступлении в жизнь.

Он может даже принесет счастье... если только в деньгах, вообще, может быть счастье".

Осип Федорович снова на мгновение прервал свои думы и стал следить за дымком сигары.

В воздухе было тихо, лишь чуть заметный ветерок шелестил верхушки деревьев сада и доносил звуки павловского оркестра, игравшего в саду вокзала.

На террасу вышла Вера Степановна. Она пополнела и похорошела, выражение беззаботного счастья лежало на ее лице.

Она подошла к мужу и, наклонившись, поцеловала его в лоб.

Он взял ее за талию и, привлекая к себе, сказал, видимо, продолжая прерванную мысль:

— Вера... Ты дороже миллиона.

www.ingramcontent.com/pod-product-compliance
Lightning Source LLC
Chambersburg PA
CBHW050308260626
47156CB00005B/1713